# हौसलों से उड़ान

संघर्ष और साहस की रोचक अनमोल 51 कहानी-संग्रह
भारतीय नागरिकों को सादर समर्पित

रविशंकर पाण्डेय

टू साइन

प्रकाशक : ट्रू साइन पब्लिशिंग हाउस

पता : 21, द्वितीय तल, कुन्दन नगर, बागमुगलिया,

भोपाल, मध्य प्रदेश - 462026 भारत

ईमेल : truesignbooks@gmail.com

वेबसाइट : www.truesign.in

© लेखकाधीन

हौसलों से उड़ान

संघर्ष और साहस की रोचक अनमोल 51 कहानी-संग्रह

भारतीय नागरिकों को सादर समर्पित

लेखक: रविशंकर पाण्डेय

ISBN: 978-93-6253-351-7

संस्करण: 2024

# दो शब्द

प्रिय साथियों, आपके स्नेह, सहयोग, सुझाव, और प्रेरणा द्वारा यह 51 अनुपम अनमोल कहानियों का संग्रह तैयार हुआ है, जिन्होंने संपूर्ण भारत के पटल के साथ विश्व में अपना नाम अंकित कर एक इतिहास रचा। ये कहानियां सभी को शिक्षा प्राप्त करने और अपने जीवन में कुछ कर गुजरने के लिए हमेशा प्रेरित करती रहेंगी।

51 कहानियों द्वारा आप बहुत कुछ सीख सकते हैं। जीवन अनमोल है। उसे कैसे सफल बनाया जाए, यह आचार्य चाणक्य की सलाह और मार्गदर्शन द्वारा चंद्रगुप्त मौर्य ने इतिहास रचा। इसी तरह भगवान श्रीकृष्ण जी की सही सलाह और मार्गदर्शन से पांडवों ने अधर्मी कौरवों का नाश किया।

युद्ध में जो गिरा, उसे दोबारा हारा हुआ नहीं कहते हैं, किंतु जो पुन: लड़ने को तैयार ही नहीं है, वह अवश्य हारा कहलाता है। 'मन के हारे हार, मन के जीते जीत' अगर आप थक गए हैं, तो थोड़ा रुकें, दो कदम पीछे हो जाएं। विरोधी यह समझेंगे कि आप हार गए। उसे भ्रमित कर शीघ्र नई ऊर्जा, नया जोश, नई चमत्कारी ताकत से पुन: उस पर टूट पड़ें और "विजयश्री" अपने नाम कर लें।

यह किताब आपके लिए सलाह, मार्गदर्शन, और मनोबल बढ़ाने का कार्य करेगी। यह आपके जीवन में सफलता का द्वार खोलकर आपको "शून्य से शिखर" तक ले जाने हेतु प्रेरणास्रोत का कार्य अवश्य करेगी।

शुभकामनाओं के साथ।

आपका अपना,
**रविशंकर पाण्डेय**
लेखक, स्पीकर
"प्रतिभा चैनल" मुख्य संपादक

# अनुक्रमणिका

# लाल बहादुर शास्त्री
# (1904-1966)

शास्त्रीजी नैनी जेल में बंद थे, उस समय उनकी पुत्री पुष्पा बहुत बीमार थी। कलेक्टर ने शास्त्रीजी से कहा कि अगर वह लिखकर दें कि जेल से बाहर जाकर वह किसी आयोजन का समर्थन नहीं करेंगे, तो उन्हें जेल से रिहा कर दिया जाएगा। किंतु शास्त्रीजी अंग्रेजों के सामने झुकने को तैयार नहीं थे। अंततः कलेक्टर ने बिना शर्ते उन्हें रिहा कर दिया। लेकिन तब तक उनकी बेटी की मृत्यु हो चुकी थी। शास्त्रीजी ने बेटी का अंतिम संस्कार किया और वापस जेल पहुंच गए, क्योंकि जिलाधीश का एहसान नहीं लेना चाहते थे।

उन्होंने कभी भी समय का दुरुपयोग नहीं किया। जेल में हमेशा लिखते-पढ़ते रहे। वहीं पर उन्होंने "मादाम क्यूरी" की जीवनी का हिंदी अनुवाद किया। 1951 में शास्त्रीजी कांग्रेस हाईकमान प्रतिनिधि थे। तीन मूर्ति भवन में ठहरे थे। जब नेहरूजी का नौकर उनके सामने भोज्य की थाली लाता था, तभी वह भोजन करते थे, नहीं तो वह अपने कार्य में हमेशा तल्लीन रहते।

शास्त्रीजी के नियम और सिद्धांत बहुत सख्त थे। एक बार वे रेल मंत्री थे। 1956 में अशियापुर में रेल दुर्घटना हुई, तो उन्होंने उसकी नैतिक जिम्मेदारी लेते हुए अपने पद से शीघ्र इस्तीफा देकर अपना इस्तीफा प्रधानमंत्री को सौंप दिया।

उनकी कथनी और करनी में कोई अंतर नहीं था। जब देश पर अनाज का गहरा संकट आया और उससे निपटने के लिए उन्होंने भारतवासियों से विनम्र अपील की कि सप्ताह में एक दिन उपवास रखें। एक समय भोजन का त्याग करें। लोगों ने उनकी बात सहर्ष स्वीकार की। वे स्वयं भी सप्ताह में एक दिन उपवास करते थे। इस तरह अनाज के संकट से शास्त्रीजी ने देश को उभारा। उनका जीवन संघर्षमय रहा है, किंतु उन्होंने अपने सिद्धांतों के खिलाफ कोई कार्य नहीं किया।

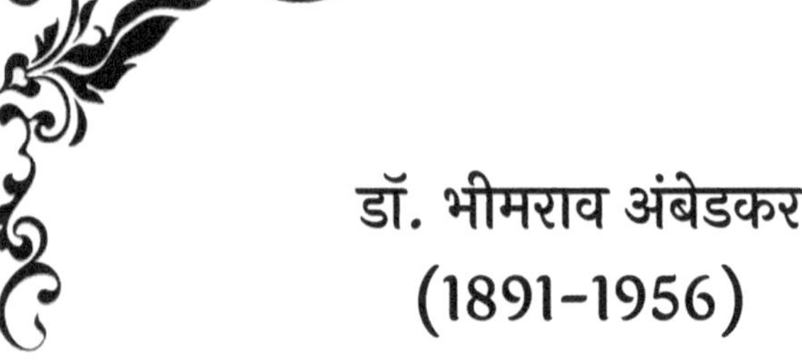

# डॉ. भीमराव अंबेडकर
# (1891-1956)

14 अप्रैल 1891 को मध्य प्रदेश के महू नगर में पिता श्री रामजी सकपाल और माता भीमाबाई के घर भीमराव का जन्म हुआ। अंग्रेजों के शासनकाल में "फूट डालो, राज करो" की नीति थी। उन्होंने ही 'छुआछूत' का बीज रोपा था। एक-दूसरे को धर्म और समाज में बांट कर रखा था ताकि ये लोग कभी एक न हो सकें। बारह-बारह, सोलह-सोलह घंटे काम लिया जाता था। जीवन में व्यस्त रहे, अंग्रेज मस्त रहे।

छोटी जाति के कारण उनकी उपेक्षा हुई। कई जगह अपमान का घूंट पीना पड़ा। उन्होंने जीवन में बहुत संघर्षों का सामना किया। 1907 में मैट्रिक परीक्षा उत्तीर्ण की। बड़ौदा के नरेश सयाजी राव ने फेलोशिप प्रदान की। 1912 में मुंबई विश्वविद्यालय में स्नातक की परीक्षा पास की। कोलंबिया विश्वविद्यालय से एल.एल.डी. और उस्मानिया विश्वविद्यालय से डी. लिट्, बी.एस. एम.ए., पी.एच.डी., बैरिस्टर डी.एस.सी. आदि 26 उपाधियां हासिल कीं।

उन्होंने अपने जीवन के 65 वर्षों में सामाजिक, साहित्यिक, औद्योगिक, संवैधानिक विभिन्न क्षेत्रों में अनगिनत कार्य किए। राष्ट्र निर्माण में महत्वपूर्ण योगदान दिया। मंदिर प्रवेश, पानी पीने, छुआछूत, जाति-पाति, ऊंच-नीच जैसी कुरीतियों को मिटाने में कई सत्याग्रह और आंदोलन चलाए। धर्मग्रंथों में व्याप्त मिथ्या, अंध-विश्वास से मुक्ति दिलाने का कार्य किया। महिलाओं को तलाक, संपत्ति में उत्तराधिकार दिलाने हेतु जीवन के अंत तक संघर्ष किया। वे पतितों और शोषितों के मसीहा कहलाने लगे। उन्होंने भारत का संविधान लिखा और वे संविधान निर्माता कहलाए।

उन्होंने पांच साप्ताहिक और एक पाक्षिक पत्रिका का संपादन कर गरीब और दलितों की आवाज उठाई और न्याय हेतु संघर्ष किया। उन्होंने कई पुस्तकें लिखीं। उनका अंतिम ग्रंथ 'द बुद्धा एंड हिज धम्मा' के द्वारा निरंतर वृद्धि का मार्ग प्रशस्त किया।

वे 1947 में स्वतंत्र भारत के प्रथम कानून मंत्री बने और कई अच्छे कानूनों में संशोधन किया। 1954 में वर्मा (रंगून) में आयोजित विश्व बौद्ध सम्मेलन में भारतीय प्रतिनिधि के रूप में भाग लिया। 1955 में भारतीय बुद्ध महासभा की स्थापना की। "बुद्ध उपासना पथ" नामक पुस्तक का संपादन किया। 14 अक्टूबर 1956 को पांच लाख लोगों के साथ नागपुर में दीक्षा ली और बुद्ध धर्म को पुन:स्थापित किया।

विश्व का यह चहेता महामानव 6 दिसंबर 1956 को महाप्रयाण की ओर प्रस्थान कर गया।

डॉ. भीमराव अंबेडकर का जीवन संघर्षों और उपलब्धियों से भरा रहा। वे भारतीय समाज में व्याप्त छुआछूत और जाति-पाति के भेदभाव के खिलाफ हमेशा संघर्षरत रहे। उन्होंने शिक्षा के महत्व को समझा और अपनी उच्च शिक्षा प्राप्त कर समाज में एक उदाहरण प्रस्तुत किया। उनके योगदान ने भारतीय समाज को एक नई दिशा दी।

भीमराव अंबेडकर ने समाज सुधार के लिए कई आंदोलन और सत्याग्रह किए। उन्होंने संविधान निर्माण में महत्वपूर्ण भूमिका निभाई और भारतीय संविधान के निर्माता के रूप में पहचाने गए। उन्होंने महिलाओं के अधिकारों के लिए भी संघर्ष किया और तलाक तथा संपत्ति में उत्तराधिकार जैसे मुद्दों पर कानून में संशोधन किए।

डॉ. अंबेडकर ने शिक्षा के महत्व को समझते हुए समाज के वंचित वर्गों को शिक्षित करने पर जोर दिया। उन्होंने अपने लेखों और भाषणों के माध्यम से समाज में जागरूकता फैलाई और दलितों के उत्थान के लिए कई योजनाएं बनाईं। उनकी कड़ी मेहनत और समर्पण ने उन्हें भारतीय इतिहास में एक महान नेता और समाज सुधारक के रूप में स्थापित किया।

उनका जीवन सभी के लिए प्रेरणा का स्रोत है और उनके द्वारा किए गए कार्य सदैव स्मरणीय रहेंगे।

# श्रीमती इंदिरा गांधी
# (1917-1984)

श्रीमती इंदिरा गांधी का जन्म 19 नवंबर 1917 को इलाहाबाद (वर्तमान में प्रयागराज) के आनंद भवन में हुआ। माता कमला नेहरू और पिता जवाहरलाल नेहरू। इंदिरा गांधी का वास्तविक नाम इंदू था। उनकी माता ने पुत्र के रूप में उनका पालन किया। बाल्यावस्था में राजनीति में उनकी अधिक रुचि थी। 10 वर्ष की अवस्था में वानर सेना का गठन किया और अपने अनूठे कार्य से संपूर्ण भारतवासियों को आश्चर्यचकित कर दिया था। 1939-41 तक ऑक्सफोर्ड विश्वविद्यालय, इंग्लैंड में अध्ययन किया। इंग्लैंड से भारत लौटने के समय जिस भारतीय व्यक्ति से मुलाकात हुई, उन्हीं से 26 मार्च 1942 को विवाह बंधन में बंध गईं। उनका नाम फिरोज गांधी था। शादी के बाद स्वतंत्रता आंदोलन में पति के साथ शामिल हो गईं और उन्हें गिरफ्तार कर लिया गया।

1944 और 1946 में क्रमश: राजीव और संजय, दो पुत्रों को जन्म दिया। बचपन में पिता के पत्रों से विविध ज्ञान प्राप्त किया और प्रधानमंत्री पिता के साथ देश-विदेश की यात्राएं कर राजनीतिक परिपक्वता हासिल की और देशसेवा में सक्रिय हो गईं। 27 मई 1964 को पिता जवाहरलाल नेहरू के निधन पर उन्हें असहाय पीड़ा हुई, क्योंकि नेहरू उनके न केवल पिता थे, अपितु मार्गदर्शक और गुरु भी थे।

24 जनवरी 1966 को उनके विशाल कंधों पर प्रधानमंत्री का भार आ गया। वे भारत की प्रथम महिला प्रधानमंत्री बनीं। 1966 से 1971 तक अकाल समस्या, राष्ट्रपति चुनाव, आम चुनाव, उन्होंने बड़े धैर्य और साहस से कार्य कर अभूतपूर्व सफलता अर्जित की। 1971 में पाकिस्तान को करारी शिकस्त देकर बांग्लादेश का निर्माण किया। भारत में देवी की तरह पूजी जाने लगीं। बड़े राष्ट्रों की परवाह न करते हुए पोखरण (राजस्थान) में सफल भूमिगत परमाणु परीक्षण किया।



◄ हौसलों से उड़ान ►

1980 में आम चुनाव में असाधारण सफलता प्राप्त कर पुन: भारत की प्रधानमंत्री बनीं। "गरीबी हटाओ" का नारा बुलंद कर गरीब, किसान, दलित आदि के उद्धार के लिए अधिक प्रयास किए, इसीलिए गरीबों का मसीहा के रूप में प्रसिद्ध हुईं। 31 अक्टूबर 1984 को उनके दो अंगरक्षकों द्वारा गोली मारकर उन्हें सदा के लिए इस दुनिया से विदा कर दिया गया अर्थात् उनकी मृत्यु हो गई।

श्रीमती इंदिरा गांधी का जीवन प्रेरणादायक और साहसिक घटनाओं से भरा रहा। उन्होंने भारतीय राजनीति में अपने अनूठे कार्य और नेतृत्व से एक अमिट छाप छोड़ी। अपने पिता जवाहरलाल नेहरू के नक्शे कदम पर चलते हुए, उन्होंने राजनीति में गहरी रुचि दिखाई और बचपन से ही स्वतंत्रता आंदोलन में सक्रिय रहीं। उनकी शिक्षा ऑक्सफोर्ड विश्वविद्यालय, इंग्लैंड में हुई, जहां से लौटने के बाद उन्होंने स्वतंत्रता संग्राम में महत्वपूर्ण भूमिका निभाई।

प्रधानमंत्री बनने के बाद, इंदिरा गांधी ने अनेक महत्वपूर्ण निर्णय लिए जो भारत की दिशा और दशा को बदलने में सहायक सिद्ध हुए। 1971 में पाकिस्तान के साथ युद्ध में भारत की विजय और बांग्लादेश का निर्माण, उनका एक बड़ा योगदान था। इसके अलावा, उन्होंने परमाणु परीक्षण कर भारत को विश्व पटल पर मजबूत स्थिति में खड़ा किया।

इंदिरा गांधी ने "गरीबी हटाओ" का नारा देकर देश के गरीब और दलित वर्ग के उत्थान के लिए अनेक योजनाएं चलाईं। उन्होंने कृषि और उद्योग के क्षेत्र में भी महत्वपूर्ण सुधार किए। उनके शासनकाल में देश ने कई महत्वपूर्ण प्रगति की और उन्होंने महिलाओं के लिए एक प्रेरणा स्रोत के रूप में अपनी पहचान बनाई।

उनकी हत्या ने भारतीय राजनीति को हिला कर रख दिया, लेकिन उनके योगदान और नेतृत्व की छाप सदैव अमिट रहेगी। इंदिरा गांधी की जीवन गाथा एक साहसी महिला की कहानी है, जिसने अपने देश के लिए असाधारण कार्य किए और अपने अद्वितीय नेतृत्व से भारतीय राजनीति को नया आयाम दिया।

# 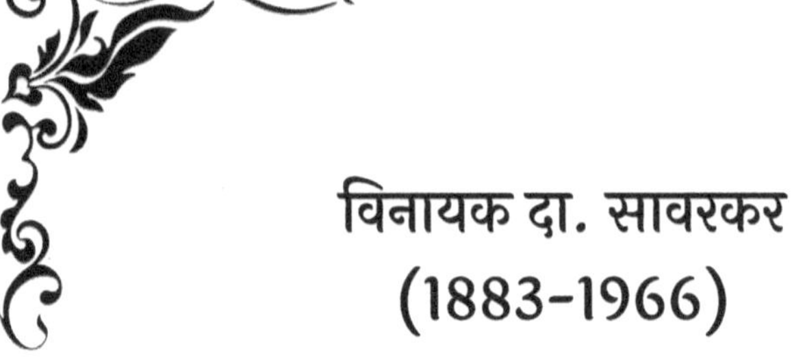 विनायक दा. सावरकर (1883-1966)

विनायक दामोदर सावरकर का जन्म 28 मई 1883 को ग्राम भागुर, जिला नासिक, महाराष्ट्र में हुआ। वे भारत के क्रांतिकारी, स्वतंत्रता सेनानी, समाज सुधारक, इतिहासकार, राजनेता, और विचारक थे। उनके समर्थक उन्हें वीर सावरकर के नाम से संबोधित करते थे। हिंदू राष्ट्रवाद की राजनीतिक विचारधारा "हिंदुत्व" को विकसित करने का बहुत बड़ा श्रेय सावरकर को जाता है।

कवि, लेखक, नाटककार, वकील, राजनेता, और हिंदू महासभा के प्रमुख चेहरे थे। उन्होंने परिवर्तित हिंदुओं को हिंदू धर्म में वापस लौटाने हेतु सतत् प्रयास किए। इसके लिए आंदोलन चलाए और वे सफल भी रहे।

वे अखिल भारतीय हिंदू महासभा, एक राजनीतिक पार्टी से जुड़े थे। उनके लेख अखबार और पत्रिका में प्रकाशित होते थे। वे रूसी क्रांतिकारियों से ज्यादा प्रभावित थे।

24 दिसंबर 1910 और 31 जनवरी 1911 को उन्हें दो बार आजीवन कारावास की सजा दी गई, जो विश्व के इतिहास की पहली और अनोखी सजा थी।

सावरकर ने अपने मित्रों को बम बनाना और गुरिल्ला पद्धति से युद्ध करने की कला सिखाई। हिंदी भाषा को राष्ट्रभाषा बनाने के लिए सावरकर 1906 से प्रयत्नशील थे। वे दलित मसीहा भी थे।

26 फरवरी 1966 को 82 वर्ष की आयु में उनकी मृत्यु हो गई।

# दादाभाई नौरोजी
## (1825-1917)

दादाभाई नौरोजी का जन्म 4 सितंबर 1825 को एक पारसी परिवार में हुआ। वे भारतीय राजनीतिक नेता, व्यापारी, पारसी बुद्धिजीवी, शिक्षाशास्त्री और लेखक थे। 1856 में उन्होंने भारतीय सामाजिक, साहित्यिक और राजनीतिक वर्गों पर अपने विचार स्थापित करने के लिए लंदन इंडियन सोसायटी का

गठन किया। 1867 में उन्होंने ब्रिटिश फोरम में भारतीय मुद्दों पर जोर देने के लिए ईस्ट इंडियन एसोसिएशन की स्थापना की।

दादाभाई नौरोजी ने (1) द इकोनॉमिक हिस्ट्री ऑफ इंडिया और (2) पावर्टी एंड अनब्रिटिश रूल इन इंडिया नामक दो पुस्तकें लिखीं। उनका जीवन आदर्श जीवन रहा। गंगा के समान पवित्र, पृथ्वी के समान सहनशील, अहंकार से शून्य, देशभक्ति से परिचर्चा, उच्च उद्देश्यों की प्राप्ति के लिए सतत् प्रयत्नशील थे।

वे एक उत्साही देशभक्त, सामाजिक, राजनीतिक सुधारक और प्रगतिशील विचार के एक प्रमुख राष्ट्रवादी थे। वे ब्रिटिश संसद के लिए चुने जाने वाले पहले भारतीय थे। रॉयल कमीशन (वेल्बी कमीशन) में बैठने वाले पहले भारतीय थे।

वे एक भारतीय राष्ट्रवादी और भारत में ब्रिटिश आर्थिक नीति के आलोचक थे। भारतीय राष्ट्रीय कांग्रेस (INC) के संस्थापक सदस्यों में से एक थे। तीन बार INC के अध्यक्ष बने। 1886 में कोलकाता, 1893 में लाहौर और 1906 में कोलकाता सत्र के अध्यक्ष रहे। 30 जून 1917 को बंबई (अब मुंबई) में उनका निधन हो गया।

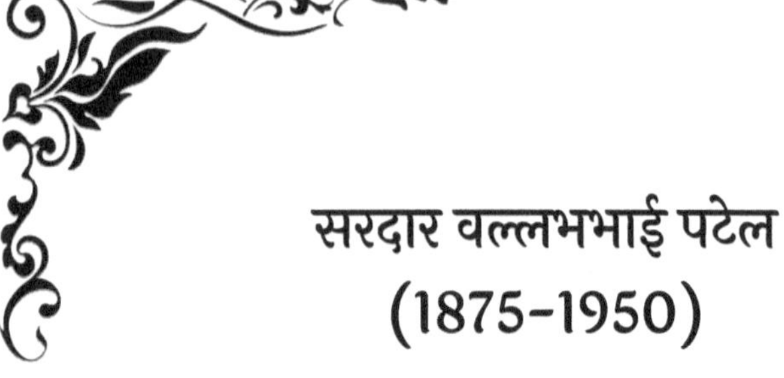

# सरदार वल्लभभाई पटेल
# (1875-1950)

इनका जन्म 31 अक्टूबर 1875 को नाडियाड गांव, गुजरात में हुआ। वर्तमान भारत को अखंड बनाने में सरदार पटेल का अहम योगदान था। श्री वल्लभभाई पटेल भारतीय बैरिस्टर, राजनेता और भारतीय स्वतंत्रता के लिए संघर्ष करने वाले देश के प्रमुख नेताओं में से एक थे।

श्री वल्लभभाई पटेल का पूरा नाम श्री वल्लभभाई झावेरभाई पटेल था। उपनाम सरदार पटेल और लौह पुरुष था। उन्होंने इंग्लैंड से वकालत की पढ़ाई की और 15 अगस्त 1947 से 15 दिसंबर 1950 तक भारत के गृहमंत्री रहे। उनकी पुत्री मणिबेन पटेल और पुत्र दह्याभाई पटेल थे।

1947 के बाद भारतीय स्वतंत्रता के पहले तीन वर्षों के दौरान उन्होंने उपप्रधानमंत्री, गृहमंत्री, सूचना मंत्री और राज्यमंत्री के रूप में कार्य किया। उनके जन्मदिन को "राष्ट्रीय एकता दिवस" के रूप में मनाया जाता है। देश 565 देशी रियासतों में बंटा हुआ था। ब्रिटिश शासकों ने इन रियासतों को स्वतंत्र शासन करने की छूट दी थी। इस प्रकार भारत की आजादी कई छोटी-छोटी रियासतों में बंटी हुई थी। सरदार पटेल ने देश के गृहमंत्री के रूप में इन सभी से भारतीय गणतंत्र में शामिल होने का आग्रह किया।

एक परिवार को इकट्ठा रखने में परिवार के मुखिया की हालत खराब हो जाती है। 565 रियासतों को एक सूत्र में करना कठिन, किन्तु असंभव कार्य को सरदार पटेल ने संभव बनाया। 562 रियासतों ने स्वेच्छा से भारतीय परिसंघ में शामिल होने की स्वीकृति दी थी। हैदराबाद, भोपाल, जूनागढ़ ने भी अपनी स्वीकृति दे दी थी। सरदार पटेल के मजबूत इरादों की वजह से इन सभी ने अंततः भारत में शामिल होने की हामी भर दी।

हालांकि हैदराबाद को भारत में शामिल करने के लिए पटेल साहब को "ऑपरेशन पोलो" चलाना पड़ा था। उनकी मृत्यु 15 दिसंबर 1950 को हो गई।

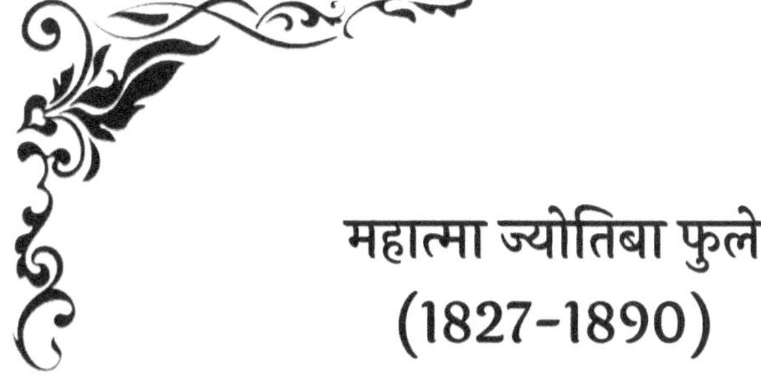

# महात्मा ज्योतिबा फुले
## (1827-1890)

ज्योतिराव फुले का जन्म 11 अप्रैल 1827 को पुणे, महाराष्ट्र में हुआ। वे समाज सुधारक, दार्शनिक, क्रांतिकारी और लेखक थे। महाराष्ट्र में सत्य शोधक समाज नामक संस्था का गठन किया।

ज्योतिराव फुले को महात्मा फुले और ज्योतिबा फुले के नाम से भी जाना जाता है। उनका जन्म माली जाति के परिवार में हुआ था। उन्होंने दलितों, वंचितों, बहिष्कृतों, अछूतों और गरीबों को जागरूक करने का कार्य किया। वे सामाजिक व्यवस्था में अमूल-चूल परिवर्तन के इच्छुक थे। इसके लिए वे जीवन भर प्रयासरत रहे और संघर्ष करते रहे।

19वीं सदी के महान समाज सुधारकों में ज्योतिबा फुले का नाम शामिल है। उन्होंने महिला सशक्तिकरण की दिशा में अभूतपूर्व योगदान दिया। महिलाओं को शिक्षा का अधिकार, बाल-विवाह के खिलाफ और विधवा विवाह के समर्थन में कार्य किया। महिलाओं के लिए स्कूल भी खोले।

महाराष्ट्र में नवोत्थान के क्रम में उस समय समाज सुधारक नेता हुए जिनमें रानाडे, गोखले, तिलक राष्ट्रीय धारा में जुट जाने से समस्त राष्ट्र में उनकी पहचान बन गई। श्रीयुत आगरकर और महात्मा फुले केवल अपने प्रांत तक ही सीमित रह गए। महाराष्ट्र में संक्रमण काल के समय इन दोनों की समाज सुधार सेवाएं स्मरणीय रही।

कैसी बिडंबना है कि आज के भारत में नारी शोषण, दहेज, जाति-पाति, दलितों की उपेक्षा और कुरीतियां प्रचलित हैं। किन्तु दलित और शोषित समाज अब जागरूक हो चुका है। ये कुरीतियां शीघ्र समाप्त हो जाएंगी।

# चंद्रशेखर आजाद
# (1906-1931)

चंद्रशेखर आजाद का जन्म 23 जुलाई 1906 को अलीराजपुर के गांव झाबुआ, मध्यप्रदेश में हुआ था। वैसे आजाद उत्तर प्रदेश के उन्नाव जिले के बदरका गांव में भी रहे। चंद्रशेखर आजाद का वास्तविक नाम चंद्रशेखर तिवारी था। 15 वर्ष की उम्र में महात्मा गांधी के असहयोग आंदोलन में पढ़ाई छोड़कर सम्मिलित हो गए। चंद्रशेखर ने देखा कि अंग्रेज पुलिसकर्मी सत्याग्रहियों को डंडों से पीट रहे हैं, तब उन्होंने पत्थर उठाकर पुलिसकर्मियों को घायल कर दिया। चंद्रशेखर को पकड़ने पुलिस दौड़ी, किन्तु वे हाथ नहीं आए, लेकिन माथे पर चंदन के टीके के कारण पहचान लिए गए और पकड़े गए।

उन्होंने प्रतिज्ञा ली कि "दुश्मन की गोलियों का हम सामना करेंगे, आजाद ही रहे हैं, आजाद ही रहेंगे।" अनेक क्रांतिकारियों ने पुरजोर विरोध किया। जुलूस बनाकर विरोध किया, इस घटना में अंग्रेज पुलिस ने लालाजी पर प्राणघातक हमला किया जिससे लाला लाजपत राय की मृत्यु हो गई।

आजाद को गोली चलाने में महारथ हासिल थी, उनका निशाना कभी नहीं चूकता था। 27 फरवरी 1931 को आजाद और अंग्रेज पुलिस वालों के साथ मुठभेड़ हुई। कई पुलिसकर्मी घायल हुए, कुछ की मौत हो गई। आजाद भी गोली लगकर घायल हो गए थे। वे आजाद ही रहना चाहते थे। उन्होंने स्वयं अपनी कनपटी पर बंदूक रखकर गोली चलाई और मौत के मुंह में हमेशा के लिए सो गए।

स्वाभिमानी, कुशल क्रांतिकारी, अचूक निशानेबाज, देशभक्तों के हृदय सम्राट, धुन के पक्के, दस वर्षों तक अंग्रेजों के दांत खट्टे कर दिए। आजाद हमारे बीच नहीं हैं, पर वे सारे भारतीयों के दिलों में आज भी राज कर रहे हैं। प्रेरणास्रोत बने हैं।

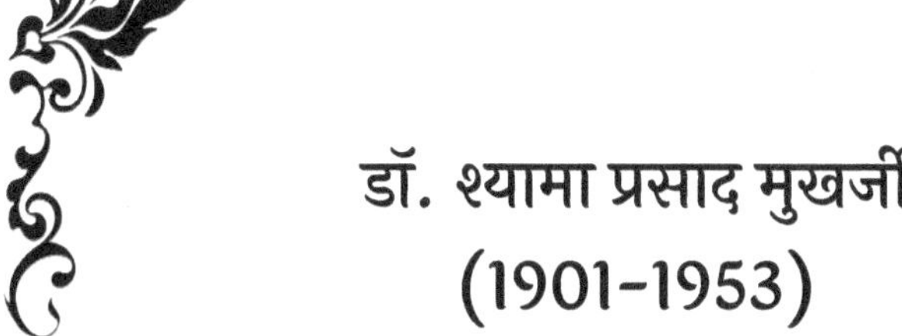

# डॉ. श्यामा प्रसाद मुखर्जी
# (1901-1953)

डॉ. श्यामा प्रसाद मुखर्जी का जन्म 6 जुलाई 1901 को हुआ। प्रथम श्रेणी में हाईस्कूल (1917), स्नातक (1921) तथा एम.ए. (1923) अनवरत् परीक्षा में उत्तीर्ण होना तथा बैरिस्टरी की परीक्षा के लिए इंग्लैंड जाकर महान गणितज्ञ की ख्याति सहेज कर लंदन की विख्यात मेथेमेटिकल सोसायटी की सदस्यता प्राप्त कर लेना उनकी असाधारण प्रतिभा का परिचायक है। 24 वर्ष की अल्पायु में ही उन्हें कोलकाता विश्वविद्यालय की सीनेट का सदस्यता प्राप्त हुई। सन् 1938 को कोलकाता विश्वविद्यालय में उन्हें डी.लिट. की उपाधि से सम्मानित किया गया।

स्वतंत्र भारत की आधारशिला रखने वाली विभूतियों में महान् शिक्षाविद, देशभक्त, प्रखर सांसद, राजनेता, सिद्धांत पुरुष एवं भारतीय जनसंघ के संस्थापक डॉ. श्यामा प्रसाद मुखर्जी की अपनी अलग अस्मिता है।

डॉ. श्यामा प्रसाद मुखर्जी ने विश्वविद्यालय के उपकुलपति के पद पर रहते हुए सैनिक शिक्षा, स्त्री शिक्षा, अध्यापक प्रशिक्षण, सिविल सर्विसेज की परीक्षा में महत्वपूर्ण सुधार किए। पांडिचेरी में अरविंद विश्वविद्यालय की स्थापना में उनका विशेष योगदान रहा।

वीर सावरकर की विचारधारा से प्रभावित होकर उन्होंने हिंदू महासभा का गठन किया और उन्हें प्रथम पद पर चुना गया। उनका उद्देश्य स्वीकार करते हुए डॉ. मुखर्जी ने कहा कि राजनीतिक किसी जाति अथवा धर्म का विरोध करने के लिए नहीं बनाया गया है। कांग्रेस के तीव्र विरोध के होते हुए भी जनसंघ के 33 सदस्य निर्वाचित हुए। डॉ. मुखर्जी स्वयं कलकत्ता दक्षिण से भारी मतों से लोकसभा में चुनकर आए। वे भारत के प्रति समर्पित थे। 23 जून 1953 को रात्रि के 11 बजे ज्यादा तबीयत बिगड़ने से उनका निधन हो गया।

नि:संदेह भारत केसरी डॉ. श्यामा प्रसाद मुखर्जी, जो कि भारत माता के अमर सपूत थे। उनका संपूर्ण जीवन एक तपस्वी की भांति था। वह नीलकंठ की तरह जीवन पर्यन्त राष्ट्र की एकता के लिए विषपान करते रहे थे।

डॉ. श्यामा प्रसाद मुखर्जी का जीवन भारतीय इतिहास में महत्वपूर्ण स्थान रखता है। उन्होंने शिक्षा, राजनीति और समाज सुधार के क्षेत्र में कई योगदान दिए। उनकी असाधारण प्रतिभा ने उन्हें उच्च शिक्षा और गणित में ख्याति दिलाई। 24 वर्ष की आयु में कोलकाता विश्वविद्यालय की सीनेट का सदस्य बनना और डी.लिट. की उपाधि प्राप्त करना उनकी विद्वता का प्रमाण है।

डॉ. मुखर्जी ने कोलकाता विश्वविद्यालय के उपकुलपति के रूप में शिक्षा प्रणाली में महत्वपूर्ण सुधार किए। उन्होंने सैनिक शिक्षा, स्त्री शिक्षा और अध्यापक प्रशिक्षण में सुधार लाने के प्रयास किए। उनका विशेष योगदान अरविंद विश्वविद्यालय की स्थापना में भी रहा, जो शिक्षा के क्षेत्र में एक महत्वपूर्ण कदम था। वीर सावरकर की विचारधारा से प्रेरित होकर उन्होंने हिंदू महासभा की स्थापना की और उसे एक नई दिशा दी।

राजनीतिक क्षेत्र में, डॉ. मुखर्जी ने भारतीय जनसंघ की स्थापना की और कांग्रेस के विरोध के बावजूद 33 सदस्यों को निर्वाचित कराकर एक मजबूत राजनीतिक धारा स्थापित की। वे कलकत्ता दक्षिण से लोकसभा के सदस्य चुने गए और अपने समर्पण और निष्ठा से भारतीय राजनीति में एक अलग पहचान बनाई।

डॉ. मुखर्जी का जीवन राष्ट्र के प्रति समर्पण और तपस्या का प्रतीक था। उनकी मृत्यु 23 जून 1953 को हुई, लेकिन उनके विचार और कार्य आज भी प्रेरणा देते हैं। वे नीलकंठ की तरह जीवनभर देश की एकता और अखंडता के लिए संघर्षरत रहे। उनका जीवन हमें बताता है कि समर्पण और निष्ठा से देश की सेवा कैसे की जा सकती है।

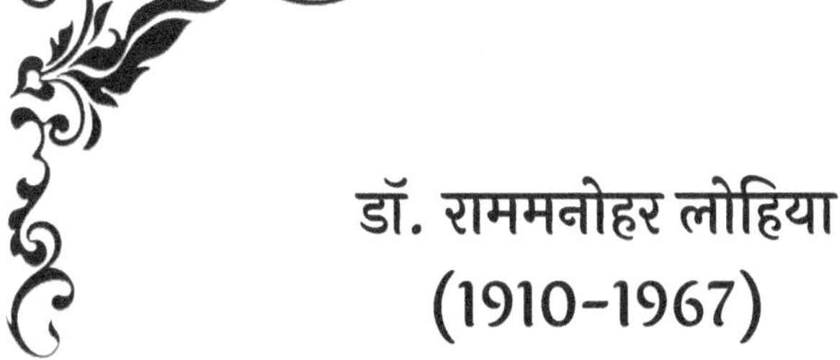

# डॉ. राममनोहर लोहिया
# (1910-1967)

डॉ. राममनोहर लोहिया का जन्म 23 मार्च 1910 को उत्तर प्रदेश के फैजाबाद में हुआ था। उनके पिता श्री हीरालाल पेशे से अध्यापक और सच्चे राष्ट्रभक्त, गांधीजी के अनुयायी थे। जब राममनोहर की ढाई वर्ष की आयु थी, तभी उनकी माताजी (चंदादेवी) का देहांत हो गया।

स्वतंत्रता आंदोलन के दौरान और स्वतंत्रता के बाद ऐसे कई नेता हुए जिन्होंने अपने दम पर शासन का रुख बदल दिया, जिनमें से एक थे राममनोहर लोहिया। इन्होंने देश की राजनीति में भारी बदलाव की बयार आजादी से पहले ही ला दी थी। अपनी प्रखर देशभक्ति और तेजस्वी समाजवादी विचारों के कारण उन्होंने अपने समर्थकों के साथ ही अपने विरोधियों के मध्य भी अपार सम्मान हासिल किया।

1918 में अहमदाबाद कांग्रेस अधिवेशन में पहली बार शामिल हुए। बनारस से इंटरमीडिएट और कोलकाता से स्नातक की उच्च शिक्षा पूरी की। उन्होंने केवल तीन माह में जर्मन भाषा पर अपनी पकड़ मजबूत बनाकर अपने प्रोफेसर जोम्बाई को चकित कर दिया। उन्होंने अर्थशास्त्र में डॉक्टरेट की उपाधि केवल दो वर्ष में ही प्राप्त कर ली। जर्मनी में चार साल व्यतीत करके डॉ. लोहिया स्वदेश वापस लौटे और किसी सुविधापूर्ण जीवन के स्थान पर जंग-ए-आजादी के लिए अपनी जिंदगी समर्पित कर दी। डॉ. लोहिया कहा करते थे कि उन पर केवल ढाई आदमियों का प्रभाव रहा: एक मार्क्स का, दूसरे महात्मा गांधी का और आधा पंडित जवाहरलाल नेहरू का। सन् 1935 में उन्हें कांग्रेस का महासचिव नियुक्त किया गया। 1942 को महात्मा गांधी ने भारत छोड़ो आंदोलन का ऐलान किया। उन्होंने बढ़-चढ़कर हिस्सा लिया और उन्हें गिरफ्तार कर लिया गया। हजारीबाग जेल से फरार हुए और भूमिगत रहकर आंदोलन का शानदार नेतृत्व किया।

सन् 1946-47 के वर्षो में लोहिया और नेहरू में कई मतभेद पैदा हुए और दोनों के रास्ते अलग हो गए। 12 अक्टूबर 1967 को 57 वर्ष की आयु में उनका देहांत हो गया। भारत ने एक वीर सपूत और क्रांतिकारी सेनानी को खो दिया, जिसकी पूर्ति होना असंभव है।

डॉ. राममनोहर लोहिया का जीवन स्वतंत्रता संग्राम और भारतीय राजनीति में एक महत्वपूर्ण अध्याय है। वे एक प्रखर समाजवादी विचारक, अद्वितीय नेता और सच्चे राष्ट्रभक्त थे। उनका जन्म 23 मार्च 1910 को उत्तर प्रदेश के फैजाबाद में हुआ था। उनके पिता श्री हीरालाल एक अध्यापक और गांधीजी के अनुयायी थे, जिन्होंने राममनोहर को राष्ट्रीयता और स्वतंत्रता संग्राम की प्रेरणा दी।

शिक्षा के क्षेत्र में डॉ. लोहिया ने उल्लेखनीय उपलब्धियां हासिल कीं। उन्होंने बनारस और कोलकाता से उच्च शिक्षा प्राप्त की और जर्मनी में अर्थशास्त्र में डॉक्टरेट की उपाधि हासिल की। जर्मनी में चार साल बिताने के बाद वे स्वदेश लौटे और स्वतंत्रता संग्राम में शामिल हो गए।

डॉ. लोहिया ने कांग्रेस में महत्वपूर्ण भूमिका निभाई और 1935 में उन्हें महासचिव नियुक्त किया गया। भारत छोड़ो आंदोलन में उनकी सक्रिय भागीदारी और हजारीबाग जेल से फरार होने की घटना उनकी साहसिकता का प्रमाण है। वे भूमिगत रहकर आंदोलन का नेतृत्व करते रहे और स्वतंत्रता संग्राम में अपनी अहम भूमिका निभाई।

स्वतंत्रता के बाद, डॉ. लोहिया ने समाजवादी विचारधारा को आगे बढ़ाया और भारतीय राजनीति में बदलाव की बयार लाई। उनकी विचारधारा ने न केवल उनके समर्थकों को बल्कि उनके विरोधियों को भी प्रभावित किया। वे कहा करते थे कि उन पर मार्क्स, गांधी और नेहरू का आधा प्रभाव रहा, जिससे उनकी विचारधारा और नेतृत्व में एक विशेष दृष्टिकोण उभरा।

1967 में 57 वर्ष की आयु में उनका निधन हुआ। उनके निधन से भारत ने एक वीर सपूत और क्रांतिकारी सेनानी को खो दिया, जिसकी पूर्ति असंभव है। डॉ. लोहिया का जीवन और उनके विचार आज भी हमें प्रेरित करते हैं और समाज में बदलाव लाने की दिशा में मार्गदर्शन करते हैं।

# अहिल्या बाई होलकर
# (1725-1795)

अहिल्या बाई होलकर भारत के मालवा साम्राज्य की मराठा होलकर महारानी थीं। उनका जन्म 31 मई 1725 को महाराष्ट्र के अहमदनगर के चौंडी ग्राम में हुआ। उनके पिता मंकोजी राव शिंदे अपने गांव के पाटिल थे। उस समय महिलाएं स्कूल नहीं जाती थीं, लेकिन अहिल्या बाई के पिता ने उन्हें पढ़ने-लिखने की शिक्षा दी।

अहिल्या बाई प्रसिद्ध सूबेदार मल्हारराव होलकर के पुत्र खंडेराव की पत्नी थीं। अहिल्या बाई किसी बड़े राज्य की रानी नहीं थीं। उनका कार्यक्षेत्र अपेक्षाकृत सीमित था। अहिल्या बाई के पति खंडेराव होलकर कुम्भेर युद्ध में शहीद हुए थे। 12 साल बाद उनके ससुर मल्हारराव होलकर की मृत्यु हो गई। इसके एक साल बाद मालवा साम्राज्य की महारानी का ताज उन्हें पहनाया गया। वे अपने साम्राज्य को मुस्लिम आक्रमणकारियों से बचाने की कोशिश करती रहीं। युद्ध के दौरान वे खुद सेना में शामिल होकर युद्ध करती थीं। उन्होंने तुकोजीराव होलकर को अपनी सेना का सेनापति के रूप में नियुक्त किया था।

रानी अहिल्या बाई ने अपने साम्राज्य महेश्वर और इंदौर में कई मंदिरों का निर्माण भी किया था। रानी ने अपने राज्य की सीमाओं के बाहर भारत भर के प्रसिद्ध तीर्थ स्थानों, मंदिर, घाट बंधवाए, सुधरवाए, भूखों के लिए अन्नालय खोले, प्यासों के लिए प्याऊ खोले, मंदिरों में विद्वानों की नियुक्ति की, शास्त्रों के मनन-चिंतन और प्रवचन की व्यवस्था की। रानी अहिल्या बाई साहसी, पराक्रमी, शूरवीर और न्यायप्रिय थीं।

13 अगस्त 1795 को उनकी मृत्यु हो गई। महाराष्ट्र सरकार ने अहमदनगर का नाम बदलकर अहिल्या नगर कर दिया। महारानी अहिल्या बाई के नाम पर रखा गया है।

# डॉ. जाकिर हुसैन
# (1897-1969)

डॉ. जाकिर हुसैन का जन्म 9 फरवरी 1897 को हैदराबाद नगर (दक्षिण) में हुआ। उन्होंने एम.ए. और पी.एच.डी. की शिक्षा हासिल की। दिल्ली, कोलकाता, अलीगढ़ और अन्य विश्वविद्यालयों ने उन्हें डी.लिट्. की मानद उपाधि से सम्मानित किया। 22 वर्षों तक 'जामिया-मिलिया' के उपकुलपति रहे। उन्होंने अध्यापकों के मन से यह भाव निकाल दिया कि कोई भी अध्यापक छोटा-बड़ा नहीं होता। वे आजीवन शिक्षाव्रती रहे।

जाकिर साहब बुनियादी शिक्षा समिति और विभिन्न राज्यों की शिक्षाकर्मियों से संबंधित रहे। उनका उद्देश्य था कि छात्रों को अच्छी शिक्षा प्राप्त हो और वे आत्मनिर्भर बनें तथा सरकारी नौकरियों के पीछे युवा न दौड़ें। वे राजनीति को व्यर्थ देश का बोझ मानते थे। जरूरत है काम की, खामोश और अच्छे काम की। 1948 को प्रधानमंत्री नेहरूजी ने जाकिर हुसैन को राज्यसभा में लाया। 1954 में भारत सरकार ने उन्हें पद्म विभूषण की उपाधि से सम्मानित किया। उन्हें बिहार का राज्यपाल नियुक्त किया गया। 1962 में वह उपराष्ट्रपति निर्वाचित हुए। अपनी धर्मनिरपेक्षता और राष्ट्रीयता के उदार आदर्शों के कारण 1967 में उन्हें भारत का राष्ट्रपति निर्वाचित किया गया। उन्हें 'भारत रत्न' से भी सम्मानित किया गया।

जाकिर साहब को बागवानी, रंग-बिरंगे पत्थरों और सुंदर कलाकृतियों को एकत्रित करने का शौक था। साहित्य प्रेमी, कला प्रेमी और खेल प्रेमी के रूप में कम लोग जानते थे। उन्होंने हिंदी में 'शिक्षा' नामक ग्रंथ की रचना की। शहीद की अम्मा, उकाब, अंधा घोड़ा आदि साहित्य प्रसिद्ध रहे। उनकी सोच थी कि हमारा देश तरक्की करे। देश में खुशहाली आए, इसके लिए बच्चों की तालीम पर ध्यान देना जरूरी है।

3 मई 1969 को दिल का दौरा पड़ने से उनका आकस्मिक निधन हो गया। अनेक राष्ट्रनायकों ने उन्हें बुनियादी इंसान और महान शिक्षाशास्त्री बताया।

डॉ. जाकिर हुसैन ने बुनियादी शिक्षा समिति और विभिन्न राज्यों की शिक्षाकर्मियों से संबंधित कार्यों में महत्वपूर्ण योगदान दिया। उनका उद्देश्य था कि छात्रों को अच्छी शिक्षा प्राप्त हो और वे आत्मनिर्भर बनें, बजाय इसके कि वे सरकारी नौकरियों के पीछे भागें। वे राजनीति को व्यर्थ देश का बोझ मानते थे और काम की गुणवत्ता और अच्छे कार्यों पर जोर देते थे।

1948 में प्रधानमंत्री नेहरूजी ने उन्हें राज्यसभा में लाया और 1954 में उन्हें भारत सरकार ने पद्म विभूषण से सम्मानित किया। बाद में उन्हें बिहार का राज्यपाल नियुक्त किया गया और 1962 में वे उपराष्ट्रपति निर्वाचित हुए। उनकी धर्मनिरपेक्षता और राष्ट्रीयता के आदर्शों के कारण 1967 में वे भारत के राष्ट्रपति बने और उन्हें 'भारत रत्न' से भी सम्मानित किया गया।

डॉ. जाकिर हुसैन को बागवानी, रंग-बिरंगे पत्थरों और सुंदर कलाकृतियों को एकत्रित करने का शौक था। वे साहित्य, कला और खेल प्रेमी थे और उन्होंने हिंदी में 'शिक्षा' नामक ग्रंथ की रचना की। उनके अन्य प्रसिद्ध साहित्यिक कार्यों में 'शहीद की अम्मा', 'उकाब', और 'अंधा घोड़ा' शामिल हैं। उनकी सोच थी कि देश की तरक्की और खुशहाली के लिए बच्चों की तालीम पर ध्यान देना अत्यंत आवश्यक है।

3 मई 1969 को दिल का दौरा पड़ने से उनका आकस्मिक निधन हो गया। उनकी मृत्यु पर अनेक राष्ट्रनायकों ने उन्हें बुनियादी इंसान और महान शिक्षाशास्त्री के रूप में याद किया। डॉ. जाकिर हुसैन का जीवन और उनका योगदान सदैव भारतीय शिक्षा और समाज में प्रेरणा का स्रोत रहेगा।

# लोकनायक
# जयप्रकाश नारायण
# (1902-1979)

लोकनायक जयप्रकाश नारायण का जन्म 11 अक्टूबर 1902 को हुआ था। प्रारंभिक शिक्षा प्राप्त करने के बाद पटना कोलिजिएट स्कूल में अध्ययन किया। 1921 में गांधीजी के असहयोग आंदोलन में सक्रिय भाग लिया। बनारस हिन्दू विश्वविद्यालय में समाजशास्त्र के प्रवक्ता रहे। नौकरी छोड़कर कांग्रेस के साथ भारतीय स्वतंत्रता की नीतियों से असंतुष्ट नवयुवकों ने अखिल भारतीय कांग्रेस समाजवादी दल की स्थापना की, जिसके आचार्य नरेंद्रदेव अध्यक्ष और जयप्रकाश नारायण मंत्री बने। 1942 के भारत छोड़ो आंदोलन में वे गिरफ्तार हो गए। 1946 में उन्हें कारागार से मुक्त कर दिया गया।

1947 में राजनीतिक रूप से सक्रिय रहे। 1957 में वे सर्वोदय आंदोलन से जुड़ गए। भूदान, संपत्ति दान, जीवन दान के लिए पूर्ण समर्पण से कार्य किया। 1970 से तत्कालीन सरकार की नीतियों का विरोध करना प्रारंभ किया। 1975 में राष्ट्रीय आपातकाल लागू किया गया। जिसका जयप्रकाश नारायण ने घोर विरोध किया, उन्हें जेल में डाल दिया गया। 1977 में जनता पार्टी बनाने के अथक प्रयास किए तथा चुनावों में जनता पार्टी को "विजयश्री" दिलाई।

जयप्रकाश नारायण भारत की समस्याओं का समाधान समाजवाद मानते थे। जे.पी. की दृष्टि में समाजवाद सामाजिक और आर्थिक पुनर्निर्माण के लिए एक पूर्ण विचारधारा थी। वे भारत में समाजवाद लाना चाहते थे, इसके लिए उन्होंने अथक प्रयास किए। उन्हें लोकनायक भी कहा जाता था। 8 अक्टूबर 1979 को उनका निधनो। भारत ने एक सच्चा निस्वार्थ सपूत खो दिया।

# मदर टेरेसा
## (1910-1997)

मदर टेरेसा का जन्म 26 अगस्त 1910 को स्कोप्जे, उत्तरी मेसिडोनिया गणराज्य में हुआ। शिक्षा लोरेटोऐबी रथफर्नहम। 4 सितंबर 2016 को संत घोषित किया गया। उनका संकल्प था कि छोटे कार्यों को प्यार से करो, प्रत्येक व्यक्ति का एक निश्चित कार्य होता है और उसे अच्छी तरह से करना है। दलितों एवं पीड़ितों की सेवा में किसी प्रकार का पक्षपात नहीं किया। उन्होंने सद्भाव बढ़ाने के लिए संसार का दौरा किया।

उनकी मान्यता थी कि "प्यार" की भूख रोटी की भूख से कहीं बड़ी है। उनके मिशन से प्रेरणा लेकर संसार के विभिन्न भागों से स्वयंसेवक भारत आए। तन, मन, धन से गरीबों की सेवा में लग गए। मदर टेरेसा की कोई संतान नहीं थी, उन्होंने एक कैथोलिक नन के रूप में कार्य किया।

शांति की दूत मानवता की प्रतिमूर्ति थीं। छोटी सी उम्र में लोगों की सेवा करने का संकल्प लिया था। हमें एक-दूसरे से प्रेम करना चाहिए, जैसे ईश्वर हम सबसे करता है, तभी विश्व में शांति कायम रहेगी।

स्पेन की महान संत टेरेसा से प्रेरित और प्रभावित थीं। 1946 में गरीबों एवं असहायों की सेवा करने का संकल्प लिया। भारत की नहीं होने के बावजूद भारत के दलितों और पीड़ितों की निस्वार्थ भाव से सेवा की। व्यक्ति स्वयं के लिए जी लेता है, औरों के लिए निस्वार्थ जीना ही सच्चा, अच्छा मानव है।

उनका निधन 5 सितंबर 1997 को कोलकत्ता, पश्चिम बंगाल में हार्ट अटैक से हुआ। भारत ने एक महिला संत को खो दिया, इनकी क्षतिपूर्ति होना असंभव है।

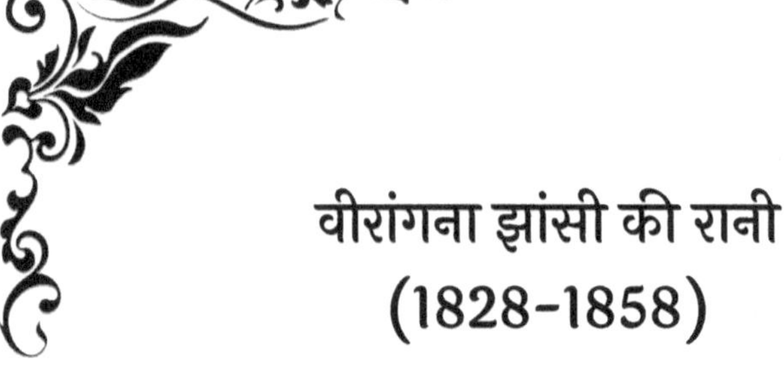

# वीरांगना झांसी की रानी
# (1828-1858)

लक्ष्मीबाई का जन्म 19 नवम्बर 1828 को वाराणसी में एक मराठी करहडे ब्राम्हण परिवार में हुआ था। उनका असली नाम मणिकर्णिका तांबे, उपनाम मनु रखा गया। वे मराठा शासित झांसी राज्य की रानी थीं। उनके पिता का नाम मोरोपन्त ताम्बे और माता का नाम भागीरथी बाई था।

सन् 1842 में उनकी शादी झांसी के राजा गंगाधर राव से हुई। सन् 1851 में रानी लक्ष्मीबाई ने एक बेटे को जन्म दिया। इसका नाम दामोदर राव रखा गया। उत्तराधिकारी के जन्म से झांसी जगमगा रही थी। तीन महीने के बाद पुत्र दामोदर राव की मौत हो गई। 20 नवम्बर 1853 में उन्होंने एक बच्चे को गोद लिया, उसका नाम भी दामोदर राव रखा गया।

ह्यूरोज के अनुसार झांसी की रानी सभी भारतीय नेताओं में सबसे खतरनाक थीं। झांसी की रानी लक्ष्मीबाई के पास तीन दमदार, जांबाज घोड़े थे, जिनके नाम सारंगी, बादल और पवन थे। अंतिम युद्ध के समय रानी जिस घोड़े पर सवार थीं उसका नाम बादल था।

"खूब लड़ी मर्दानी वह तो झांसी वाली रानी थी।"

अंतरमन कांप गया, रण में अंतिम सांस तक लड़ी थीं। वह मर्दानी अंतर्मन से कभी नहीं हारी। 1857 में अंग्रेजों के खिलाफ विद्रोह किया था। वह भारत की पहली महिला स्वतंत्रता सेनानियों में से एक थीं।

ग्वालियर के पास कोटा की सराय नामक स्थान पर ब्रिटिश औद्योगिक शासकों से लड़ते हुए उनकी मृत्यु हो गई। राज्यक्रांति की द्वितीय शहीद वीरांगना थीं। उन्होंने 29 वर्ष की उम्र में अंग्रेज साम्राज्य की सेना से युद्ध किया और रणभूमि में वीरगति को प्राप्त हुईं।

# मदनलाल धींगरा
# (1883-1909)

मदनलाल धींगरा का जन्म 18 सितम्बर 1883 को हुआ। भारत को आजादी दिलाने में उनका भी अहम योगदान रहा। अंग्रेजों की गलत नीतियों का उन्होंने पुरजोर विरोध किया। 1 जुलाई 1909 को लंदन के इंपीरियल इंस्टीट्यूट में इण्डियन नेशनल एसोसिएशन की तरफ से 'एट होम' फंक्शन का आयोजन किया गया। इस फंक्शन में ब्रिटिश अफसर विलियम हटकर्जन वायली भी अपनी पत्नी के साथ शामिल हुआ।

कर्जन उस वक्त धींगरा और उनके साथियों के बारे में गुपचुप तरीके से सूचना इकट्ठा कर रहा था। जब कर्जन फंक्शन से जाने लगा तो धींगरा ने उस पर पांच गोलियां चलाईं, जिसमें से चार गोली सीधे निशाने पर लगीं। छठी और सातवीं गोली पारसी डॉक्टर कारपाश लाताका को लगीं, जो कर्जन को बचाने की कोशिश कर रहे थे। दोनों मौके पर ही ढेर हो गए। धींगरा को तुरंत गिरफ्तार कर लिया गया। करीब डेढ़ महीने के अंदर ही मदनलाल धींगरा को दोषी करार दिया गया।

17 अगस्त 1909 के दिन स्वतंत्रता सेनानी और क्रांतिकारी मदनलाल धींगरा को पेंटोविले जेल में फांसी दी गई, उस समय वह मात्र 26 वर्ष के थे। अंग्रेजी हुकूमत के खिलाफ बगावत शुरू की, तो उनके परिवार ने उनका बहिष्कार कर उनसे संबंध तोड़ लिए थे और उनका शव लेने से भी इनकार कर दिया।

114वीं पुण्यतिथि पर अमृतसर के गोल बाग इलाके में उनके नाम पर एक स्मारक का उद्घाटन किया गया। भारतीय स्वतंत्रता संग्राम के अप्रतिम क्रांतिकारी थे। भारतीय स्वतंत्रता की चिंगारी को अग्नि में बदलने का श्रेय महान शहीद मदनलाल धींगरा को जाता है।

# जॉर्ज वॉशिंगटन
# (1732–1799)

जॉर्ज वॉशिंगटन के युद्ध के अनुभव के कारण उन्हें अमेरिकी सेना का सेनापति बनाया गया। उस समय उनके पास जो सैनिक थे, उनके पास न तो लड़ने का कौशल था और न ही पर्याप्त हथियार सामग्री। सैनिकों को वेतन भी कम ही मिलता था और उनके भोजन का कोई ठिकाना नहीं था। स्वयं जॉर्ज ने कहा था कि हम घास छोड़कर, घोड़ों का भोजन खाते हैं। जॉर्ज ने बहुत मेहनत की और उनकी प्रेरणा, अनुशासन एवं नेतृत्व की वजह से ही अनुभवहीन सेना आठ साल तक शक्तिशाली अंग्रेज सेना से संघर्ष कर सकी और अंतत: उसे हराने में सफल हो गई।

इस जीत के बाद जॉर्ज वॉशिंगटन अमेरिका के सबसे लोकप्रिय व्यक्ति बन गए। जब राष्ट्रपति पद के लिए उनके नाम का प्रस्ताव रखा गया, तो उन्होंने अनिच्छा जाहिर की। इस पर उनके मित्रों ने उन्हें बताया कि अगर वे राष्ट्रपति नहीं होंगे तो सभी 13 अमेरिकी कॉलोनियां संघ में शामिल नहीं होंगी और उत्तरी तथा दक्षिणी प्रांतों में युद्ध छिड़ जाएगा। तब कहीं जाकर वे राष्ट्रपति बनने के लिए तैयार हुए।

राष्ट्रपति पद के लिए जब जॉर्ज वॉशिंगटन का निर्वाचित होना तय हो गया, तब उनके पास न्यूयॉर्क सिटी आने के लिए अपने अमीर पड़ोसी से 600 डॉलर का कर्ज लेना पड़ा। ऐसा इसलिए हुआ क्योंकि उन्होंने अपनी सारी दौलत अमेरिका के स्वाधीनता संग्राम में लगा दी थी। वे अमेरिका के पहले राष्ट्रपति एवं सच्चे मायनों में राष्ट्रपिता थे। उन्होंने न सिर्फ सेनापति के रूप में ब्रिटिश सेना को युद्ध में हराया, बल्कि उन्होंने बाद में अमेरिका के सभी राज्यों को एकता के सूत्र में मजबूती से पिरोया।

# छत्रपति संभाजी महाराज
# (1657-1689)

छत्रपति शिवाजी महाराज के ज्येष्ठ पुत्र संभाजी महाराज का जन्म 1657 में हुआ था। बचपन में ही उन्होंने तलवार चलाना, तीरंदाजी, भाला फेंकना, घुड़सवारी, शस्त्र-शास्त्र के साथ-साथ तेरह वर्ष की उम्र में तेरह भाषाओं का ज्ञान प्राप्त कर लिया था।

औरंगजेब ने छत्रपति शिवाजी महाराज और उनके पुत्र संभाजी राजे को गिरफ्तार कर आगरा की जेल में रखा था। संभाजी राजे ने गुप्त योजना बनाकर पहले छत्रपति शिवाजी महाराज को जेल से मुक्त कराया और फिर स्वयं भी मुगलों को चकमा देकर भाग निकले।

नौ वर्ष की उम्र में छत्रपति संभाजी राजे ने 121 युद्ध लड़े और सभी युद्धों में अपराजित योद्धा रहे। ब्रिटिश और पुर्तगाली अंग्रेज हिंदुओं पर दबाव बनाकर उन्हें जबरन ईसाई बना रहे थे। यह खबर संभाजी राजे को मिली। उन्होंने ब्रिटिश, पुर्तगाली और मुगलों से युद्ध कर उनके मनसूबों पर पानी फेर दिया। उनके सलाहकार, मार्गदर्शक, उज्जैन के कवि कलश थे, जो हमेशा साथ रहते और उन्हें प्रोत्साहित करते।

औरंगजेब की आठ लाख सेना और संभाजी राजे की केवल बीस हजार सेना ने औरंगजेब को कई बार परास्त किया। बुरहानपुर, औरंगाबाद में कई जगह हमले और युद्ध कर उन्होंने अकूत संपत्ति लूट ली थी। मुगलों और औरंगजेब के दिल में यह दहशत बैठ गई थी कि सीधे लड़ाई में जीतना संभव नहीं हो रहा था।

राजनीति, कूटनीति के ज्ञाता, राष्ट्रभक्ति के प्रेरणास्रोत, वीर शिरोमणि, धर्मरक्षक, स्वराज्य रक्षक, सनातन धर्म और हिंदू साम्राज्य का विस्तार करने वाले, अदम्य साहसी, शिवाजी महाराज के चहेते महान योद्धा को मूकब खान ने धोखे से घेर कर गिरफ्तार कर औरंगजेब के सामने पेश किया। औरंगजेब ने इस्लाम कबूल कर जीवन दान देने की बात कही। उन्होंने निडरता से

साफ मना कर दिया, "मैं हिंदू हूं, आखिरी सांस तक हिंदू रहूंगा।" 11 मार्च 1689 की अमावस्या की रात चालीस दिन तक औरंगजेब ने कूरता से पेश आकर संभाजी महाराज की निर्ममता से हत्या कर दी।

महाराष्ट्र शासन ने औरंगाबाद का नाम बदलकर संभाजीनगर रखा, उनके नाम को सम्मान दिया। छत्रपति संभाजी महाराज हिंदू और मराठों के दिलों में आज भी जीवित हैं।

संभाजी महाराज का जीवन साहस, वीरता और अदम्य राष्ट्रभक्ति का प्रतीक है। उनका जन्म 1657 में हुआ और बचपन से ही वे एक प्रतिभाशाली योद्धा थे। उन्होंने तलवारबाजी, तीरंदाजी, भाला फेंकना, घुड़सवारी जैसे युद्ध कौशल के साथ-साथ तेरह भाषाओं का ज्ञान भी प्राप्त कर लिया था। यह उनकी असाधारण प्रतिभा का परिचायक है।

औरंगजेब ने छत्रपति शिवाजी महाराज और संभाजी महाराज को गिरफ्तार कर आगरा की जेल में रखा था, लेकिन संभाजी महाराज ने साहस और चतुराई से शिवाजी महाराज को जेल से मुक्त कराया और स्वयं भी भाग निकले। नौ वर्ष की उम्र में उन्होंने 121 युद्ध लड़े और हर युद्ध में अपराजित रहे, यह उनकी युद्ध कौशल और नेतृत्व की अद्वितीय क्षमता को दर्शाता है।

संभाजी महाराज ने ब्रिटिश, पुर्तगाली और मुगलों के खिलाफ संघर्ष किया और हिंदुओं को जबरन ईसाई बनाए जाने के प्रयासों को विफल किया। उनके सलाहकार कवि कलश ने उन्हें हमेशा प्रोत्साहित किया और मार्गदर्शन दिया। औरंगजेब की विशाल सेना के सामने भी संभाजी महाराज की छोटी सेना ने कई बार जीत हासिल की और मुगलों के मन में दहशत पैदा कर दी।

राजनीति और कूटनीति में निपुण, राष्ट्रभक्ति के प्रेरणास्रोत, और हिंदू साम्राज्य के विस्तारक संभाजी महाराज ने स्वराज्य और सनातन धर्म की रक्षा के लिए अपने प्राणों की आहुति दी। मूकब खान के धोखे से उन्हें गिरफ्तार कर औरंगजेब के सामने पेश किया गया, जहां उन्होंने इस्लाम कबूल करने से साफ इंकार कर दिया। 11 मार्च 1689 को औरंगजेब ने कूरता से उनकी हत्या कर दी, लेकिन वे अपने धर्म और राष्ट्रभक्ति पर अडिग रहे।

महाराष्ट्र शासन ने औरंगाबाद का नाम बदलकर संभाजीनगर रखा, यह उनके नाम को सम्मान देने का प्रतीक है। छत्रपति संभाजी महाराज आज भी हिंदू और मराठों के दिलों में जीवित हैं और उनकी वीरता और त्याग की गाथा सदैव प्रेरणा देती रहेगी।

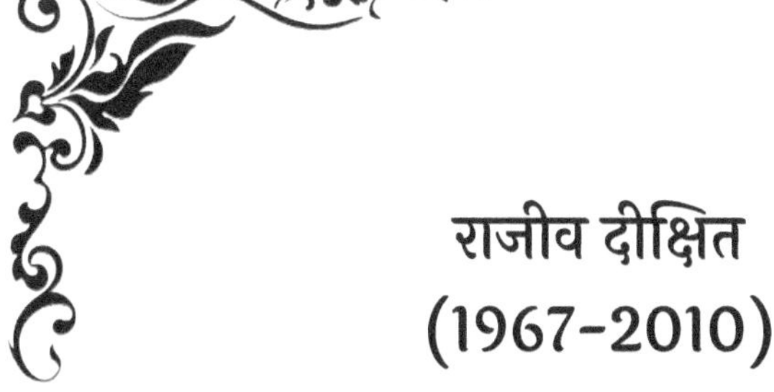

# राजीव दीक्षित
# (1967-2010)

**3**0 नवंबर 1967 को जन्मे राजीव दीक्षित का जन्म उत्तर प्रदेश में हुआ था। उन्होंने शिक्षा आई.आई.टी. कानपुर से की, और एम.टेक किया। उनका शौक था पुस्तकें पढ़ना, लिखना, यात्रा करना और नई-नई खोज करना। वे प्रखर वक्ता और भारत स्वाभिमान के राष्ट्रीय महासचिव रहे।

जब वह स्कूल में पढ़ते थे, अपने शिक्षकों से बहुत सारे प्रश्न पूछते थे। वे जिज्ञासु थे। उन्होंने अपने सहयोगियों के साथ मिलकर अर्थुर डंकेल पर हमला किया था, तब उन्हें पुलिस द्वारा गिरफ्तार कर तिहाड़ जेल, दिल्ली भेजा गया था। उस समय तिहाड़ जेल की प्रमुख किरण बेदी थीं।

उन्होंने भारत के पूर्व राष्ट्रपति ए.पी.जे. अब्दुल कलाम के साथ मिलकर एक परियोजना में भी कार्य किया था। साल 2009 में वे बाबा रामदेव के संपर्क में आए और भारत स्वाभिमान में साथ में कार्य किया। भ्रष्टाचार और विदेशी कंपनियों को खत्म करने के लिए उन्होंने संपूर्ण भारत भर जबरदस्त आंदोलन चलाए। अनेक नगर व्याख्यान, संगोष्ठी, भाषणों में पुख्ता सबूत के साथ अपनी बात सेमिनार में रखते थे। उनके ओजस्वी भाषणों द्वारा विदेशी कंपनियों में भूचाल आ गया और राजीवजी की दहशत बैठ गई। विदेशी कंपनियों ने उन्हें अपनी ओर आकर्षित करने का प्रयास किया, किन्तु वे सफल नहीं हो पाए।

उन्होंने हर एक मुद्दे पर भ्रष्ट नेताओं पर भी प्रहार किया। आम जनता उनके भाषणों और बातों से बहुत प्रभावित होती थी। जहां भी वे जाते, हजारों-लाखों की भीड़ उनकी बात सुनने और उनसे मिलने के लिए आतुर रहती थी। 20 वर्षों तक उन्होंने कोई भी दवाई नहीं खाई। उनकी दिनचर्या बहुत ही अच्छी थी - सादा जीवन, उच्च विचार। उन्होंने कई किताबें भी लिखीं - स्वदेशी कृषि, गौ-गौवंश, माता पंचगव्य चिकित्सा आदि।

स्वदेशी के जनक, ज्ञान के महासागर, देश के प्रति त्याग, समर्पण की सच्ची सोच रखने वाले राजीव दीक्षित भारत के सच्चे सपूत और "कोहिनूर" थे। वर्ष 2010 में छत्तीसगढ़ के भिलाई में एक व्याख्यान संपन्न कर अपने कमरे में गए। अचानक तबीयत बहुत खराब हो गई। उन्हें बी.एस.आर. अपोलो अस्पताल में भर्ती किया गया, जहां उनका निधन हो गया। शरीर नीला पड़ गया। कोई कह रहा था कि गैस्ट्रिक की समस्या थी, कोई कह रहा था कि उन्हें दिल का दौरा पड़ गया। उनकी मृत्यु एक पहेली बनकर रह गई।

राजीव दीक्षित का जिज्ञासु स्वभाव बचपन से ही दिखाई देता था। वे अपने शिक्षकों से अनेक प्रश्न पूछते थे और अपने सहयोगियों के साथ मिलकर सामाजिक और राजनीतिक मुद्दों पर सक्रिय रहते थे। अर्थुर डंकेल पर हमले के बाद उन्हें तिहाड़ जेल में भेजा गया, जहां उस समय किरण बेदी प्रमुख थीं।

उन्होंने भारत के पूर्व राष्ट्रपति ए.पी.जे. अब्दुल कलाम के साथ एक परियोजना पर भी काम किया। साल 2009 में वे बाबा रामदेव के संपर्क में आए और भारत स्वाभिमान में मिलकर कार्य किया। भ्रष्टाचार और विदेशी कंपनियों के खिलाफ उन्होंने पूरे देश में आंदोलन चलाए। उनके ओजस्वी भाषणों और ठोस सबूतों ने विदेशी कंपनियों में भय पैदा कर दिया।

राजीव दीक्षित ने भ्रष्ट नेताओं पर भी खुलकर प्रहार किया। उनकी बातों से आम जनता बहुत प्रभावित होती थी और जहां भी वे जाते, हजारों-लाखों की भीड़ उनके भाषण सुनने के लिए आती थी। वे सादा जीवन, उच्च विचार के सिद्धांत का पालन करते थे और 20 वर्षों तक कोई भी दवाई नहीं खाई। उन्होंने 'स्वदेशी कृषि,' 'गौ-गौवंश,' और 'माता पंचगव्य चिकित्सा' जैसी कई किताबें भी लिखीं।

राजीव दीक्षित को स्वदेशी आंदोलन का जनक और ज्ञान का महासागर कहा जा सकता है। वे अपने देश के प्रति अटूट समर्पण और त्याग की भावना रखते थे। 2010 में छत्तीसगढ़ के भिलाई में एक व्याख्यान के बाद अचानक उनकी तबीयत खराब हो गई और उनका निधन हो गया। उनकी मृत्यु एक रहस्य बनकर रह गई, जिसे लेकर कई अटकलें लगाई गईं।

राजीव दीक्षित आज भी देशभक्तों के लिए प्रेरणा का स्रोत हैं और उनके विचार और कार्य आज भी जीवित हैं। वे भारत के सच्चे सपूत और "कोहिनूर" थे।

# दशरथ मांझी
# (1934-2007)

दशरथ मांझी का जन्म 14 जनवरी 1929 को बिहार प्रदेश के गया शहर के पास गहलौर गांव के एक मजदूर परिवार में हुआ। परिवार की दयनीय, गरीबी हालत थी। उन्होंने कम ही शिक्षा प्राप्त की थी। वे मजदूरी का कार्य कर अपना और अपने परिवार का जीवन-यापन कर रहे थे। जीवन में बहुत संघर्ष, कड़ी मेहनत की, अपनी बात और काम के बहुत पक्के थे। कोई कार्य करने की ठान ली तो वह कार्य करके ही रहते थे।

एक बार उनकी पत्नी फाल्गुनी देवी की अचानक तबीयत बहुत खराब हो गई। गांव से शहर इलाज हेतु ले जाते समय फाल्गुनी देवी ने दम तोड़ दिया। काश गांव से शहर जल्द ले जाते और समय पर इलाज हो जाता तो शायद उनकी पत्नी बच जाती। अतरी से बजीरगंज ब्लॉक की दूरी 55 कि.मी. पहाड़ से घूमकर शहर जाना पड़ता था। इसलिये गांव वालों को शहर पहुंचने में अधिक समय लगता और परेशानियां होती थीं। उन्होंने मन ही मन संकल्प लिया कि मेरी पत्नी की मृत्यु इस पहाड़ी के कारण हुई, अब गांव में ऐसी कोई घटना नहीं होने दूंगा। पहाड़ी को चीरकर गांव वालों के लिए सुलभ रास्ता बनाकर ही रहूंगा।

उन्होंने अपने गुरु शिबू मिस्त्री 'हेमरमैन' से हथियार (टूल्स) और मार्गदर्शन प्राप्त कर 360 फुट लंबी, 30 फुट चौड़ी, 25 फुट ऊंची विशालकाय पहाड़ी को लगातार लगभग 22 वर्षों तक कठिन मेहनत कर 1960 से 1982 तक छैनी-हथौड़ी से गहलौर की पहाड़ी का सीना चीरकर अतरी से बजीरगंज की 55 कि.मी. की दूरी को 15 कि.मी. का फासला कर दिया।

शुरूआत में कई लोगों ने आलोचना और निंदा की, उन्हें पागल तक कहा, कुछ ने कहा कि पत्नी की मृत्यु का सदमा लगा है। तरह-तरह के लोग उनके खिलाफ बातें करते, परंतु वे किसी की बातों का कोई जवाब नहीं देते। वे केवल अपना काम निरंतर करते जा रहे थे। कठिन परिश्रम, संघर्ष और मजबूत इच्छाशक्ति के कारण उन्हें आखिरकार सफलता मिल गई।

55 कि.मी. का रास्ता पहाड़ी को चीरकर 15 कि.मी. में कर दिया। उन्हें 'पर्वत पुरुष (माउंटेन मैन)' भी कहा गया। 17 अगस्त 2007 को पित्ताशय कैंसर के कारण उनकी मृत्यु हो गई।

दशरथ मांझी का जीवन अदम्य साहस, दृढ़ संकल्प और अटूट मेहनत की मिसाल है। उनका जन्म 14 जनवरी 1929 को बिहार के गया जिले के गहलौर गांव में एक गरीब मजदूर परिवार में हुआ था। उनकी शिक्षा सीमित थी और वे मजदूरी करके अपने परिवार का पालन-पोषण कर रहे थे। अपने कार्य के प्रति उनकी निष्ठा और प्रतिबद्धता अद्वितीय थी।

दशरथ मांझी की जीवन की सबसे बड़ी प्रेरणा उनकी पत्नी फाल्गुनी देवी की अचानक मृत्यु थी। उनकी पत्नी की तबीयत खराब होने पर, शहर तक पहुंचने के रास्ते की दुर्गमता के कारण, समय पर इलाज नहीं हो पाया और उनकी मृत्यु हो गई। इस घटना ने दशरथ मांझी को गहरे सदमे में डाल दिया और उन्होंने ठान लिया कि वे इस पहाड़ी को चीरकर गांव वालों के लिए एक सुलभ रास्ता बनाएंगे, ताकि भविष्य में ऐसी कोई घटना न हो।

उन्होंने अपने गुरु शिबू मिस्त्री 'हेमरमैन' से उपकरण और मार्गदर्शन प्राप्त किया और 1960 से 1982 तक लगातार 22 वर्षों तक अकेले छैनी और हथौड़ी से गहलौर की पहाड़ी को काटकर रास्ता बनाते रहे। 360 फुट लंबी, 30 फुट चौड़ी और 25 फुट ऊंची पहाड़ी को काटकर उन्होंने 55 किलोमीटर की दूरी को 15 किलोमीटर में बदल दिया।

शुरुआत में लोग उनकी आलोचना करते थे, उन्हें पागल कहते थे और उनकी कड़ी मेहनत पर शक करते थे। परंतु दशरथ मांझी ने किसी की परवाह नहीं की और अपने काम में लगे रहे। उनकी कड़ी मेहनत, संघर्ष और अडिग इच्छाशक्ति ने अंततः उन्हें सफलता दिलाई। उनके इस महान कार्य ने उन्हें 'पर्वत पुरुष (माउंटेन मैन)' का खिताब दिलाया।

17 अगस्त 2007 को पित्ताशय के कैंसर के कारण उनकी मृत्यु हो गई, लेकिन उनका जीवन और उनकी उपलब्धि सदैव प्रेरणा स्रोत बनी रहेगी। दशरथ मांझी का जीवन यह सिखाता है कि दृढ़ संकल्प और मेहनत से असंभव को भी संभव बनाया जा सकता है।

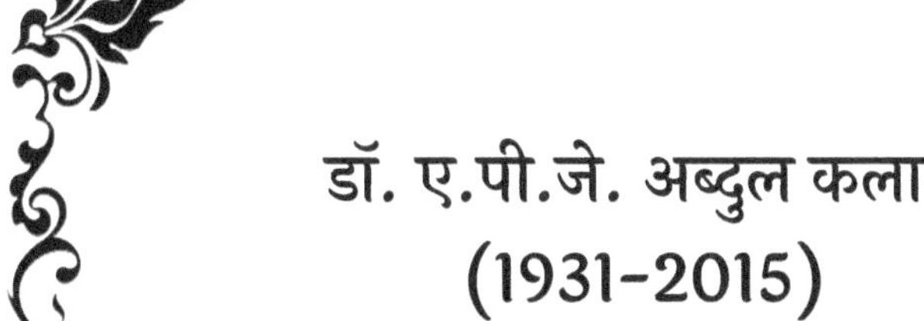

# डॉ. ए.पी.जे. अब्दुल कलाम
# (1931-2015)

**डॉ.** ए.पी.जे. अब्दुल कलाम का पूरा नाम अबुल पकीर जैनुलाब्दीन अब्दुल कलाम था। तमिलनाडु प्रदेश के रामेश्वरम् शहर के पास धनुषकोडी गांव में माता, पिता, तीन बड़े भाई और एक बड़ी बहन में सबसे छोटे थे। उनके पिता नाविक का कार्य करते थे। घर की माली हालत ठीक नहीं थी। कलाम के जीवन की यात्रा बहुत रोचक और संघर्षपूर्ण रही। बचपन में उन्होंने अखबार बेचने का कार्य किया। एम.आई.टी. में प्रवेश के लिए उन्हें एक हजार रुपए की जरूरत थी। उनके पिता के पास इतने पैसे नहीं थे। ऐसे में उनकी बहन ने अपनी सोने की चूड़ियां और चेन गिरवी रखकर पैसों का इंतजाम किया।

कलाम ने जीवन में बहुत संघर्ष, मेहनत, लगन और इच्छाशक्ति की बदौलत भारत की रक्षा प्रौद्योगिकी के क्षेत्र में अनेक सफलताएं हासिल कीं। डी.आर.डी.ओ. में काम कर सफल मिसाइल तैयार किया। 1996 में भारत द्वारा किए गए परमाणु परीक्षण में प्रमुख भूमिका निभाई जिससे भारत की परमाणु शक्ति मजबूत हुई। इसलिए उन्हें एक राष्ट्रीय नायक माना जाने लगा और 'मिसाइल मैन' भी कहा जाता। कलाम 1992 से 1997 तक रक्षामंत्री के वैज्ञानिक सलाहकार की भूमिका निभाई। वे भारत के राष्ट्रपति भी रहे। 2002 से 2007 तक का कार्यकाल रहा और वे भारत के 11वें राष्ट्रपति कहलाए।

उन्होंने कई विश्वविद्यालयों में व्याख्यान दिए और कई छात्रों को प्रेरित किया। वे चाहते थे कि भारत का हर बच्चा उनकी तरह बड़े सपने देखे ताकि देश प्रगति के शिखर पर पहुंचे। उन्होंने प्रतिवर्ष एक लाख बच्चों को प्रेरित करने का लक्ष्य बनाया, क्योंकि वे जानते थे कि आज के बच्चे ही कल के कर्णधार हैं।

कलाम साहब ने "विंग्स ऑफ फायर" के नाम से आत्मकथा लिखी, जो 1999 में प्रकाशित हुई थी और उन्होंने कई किताबें लिखकर प्रकाशित कीं। उन्हें सर्वोच्च पुरस्कारों से सम्मानित

किया गया जिनमें 1990 में पद्म विभूषण और 1997 में भारत रत्न सम्मिलित हैं। वे आजीवन अविवाहित रहे। वे एरोस्पेस इंजीनियर, राजनीतिज्ञ, वैज्ञानिक, लेखक और वक्ता भी थे।

27 जुलाई 2015 को आई.आई.टी. शिलांग में लैक्चर देने के दौरान गिर पड़े। उन्हें मृत घोषित किया गया।

डॉ. ए.पी.जे. अब्दुल कलाम का जीवन प्रेरणादायक और संघर्षमय रहा है। उनका पूरा नाम अबुल पकीर जैनुलाब्दीन अब्दुल कलाम था। उनका जन्म तमिलनाडु के रामेश्वरम् के पास धनुषकोडी गांव में हुआ था। एक साधारण परिवार में जन्मे कलाम के पिता नाविक का कार्य करते थे, और घर की माली हालत अच्छी नहीं थी। बचपन में कलाम ने अखबार बेचने का काम किया ताकि अपने परिवार की आर्थिक मदद कर सकें।

जब उन्होंने एम.आई.टी. में प्रवेश के लिए एक हजार रुपये की आवश्यकता पड़ी, तो उनके पिता के पास इतने पैसे नहीं थे। उनकी बहन ने अपनी सोने की चूड़ियां और चेन गिरवी रखकर उनकी शिक्षा के लिए पैसे जुटाए। कलाम की मेहनत, लगन और इच्छाशक्ति ने उन्हें भारत की रक्षा प्रौद्योगिकी में महत्वपूर्ण योगदान देने का अवसर दिया। डी.आर.डी.ओ. में काम करते हुए उन्होंने सफल मिसाइलें तैयार कीं और 1996 में भारत के परमाणु परीक्षण में प्रमुख भूमिका निभाई। इस वजह से उन्हें 'मिसाइल मैन' और एक राष्ट्रीय नायक के रूप में सम्मानित किया गया।

कलाम 1992 से 1997 तक रक्षामंत्री के वैज्ञानिक सलाहकार के रूप में कार्यरत रहे और 2002 से 2007 तक भारत के 11वें राष्ट्रपति रहे। राष्ट्रपति के रूप में, उन्होंने अनेक विश्वविद्यालयों में व्याख्यान दिए और लाखों छात्रों को प्रेरित किया। वे चाहते थे कि भारत का हर बच्चा बड़े सपने देखे और देश की प्रगति में योगदान दे।

उनकी आत्मकथा "विंग्स ऑफ फायर" 1999 में प्रकाशित हुई और उन्होंने कई किताबें भी लिखीं। उनके उत्कृष्ट योगदान के लिए उन्हें पद्म विभूषण (1990) और भारत रत्न (1997) जैसे सर्वोच्च पुरस्कारों से सम्मानित किया गया। वे आजीवन अविवाहित रहे और एक एरोस्पेस इंजीनियर, राजनीतिज्ञ, वैज्ञानिक, लेखक और वक्ता के रूप में अपनी पहचान बनाई।

27 जुलाई 2015 को आई.आई.टी. शिलांग में व्याख्यान देते समय वे गिर पड़े और उन्हें मृत घोषित कर दिया गया। डॉ. ए.पी.जे. अब्दुल कलाम का जीवन और कार्य हमें सिखाते हैं कि कड़ी मेहनत, दृढ़ संकल्प और बड़े सपने देखने से कोई भी लक्ष्य प्राप्त किया जा सकता है। उनका योगदान और उनकी प्रेरणादायक कहानी सदैव भारतीय युवाओं के लिए एक मार्गदर्शक बनी रहेगी।

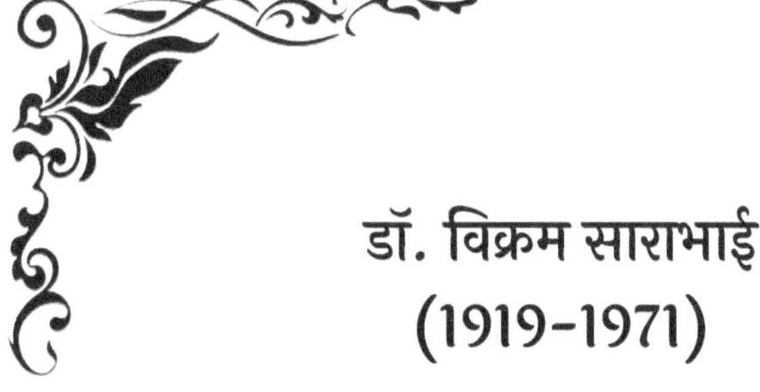

# डॉ. विक्रम साराभाई
# (1919-1971)

डॉ. विक्रम साराभाई का जन्म 12 अगस्त 1919 को अहमदाबाद के प्रसिद्ध औद्योगिक घराने में हुआ था। उनकी प्रारंभिक शिक्षा एक प्राइवेट स्कूल में हुई तथा गुजरात कॉलेज से इंटरमीडिएट की परीक्षा उत्तीर्ण की। बीस वर्ष की उम्र में उन्होंने इंग्लैंड के कैम्ब्रिज विश्वविद्यालय से भौतिकी में त्रिपोस की परीक्षा उत्तीर्ण की और इसी विश्वविद्यालय से 1947 में पी.एच.डी. की उपाधि भी प्राप्त की।

ब्रह्मांड और सौरमंडल के कई जटिल प्रश्नों का प्रायोगिक प्रमाणों द्वारा हल निकालने का श्रेय उन्हें ही जाता है। 23 वर्ष की उम्र में भारत सरकार के सहयोग से गुलमर्ग में वैज्ञानिक उपकरणों से सुसज्जित प्रयोगशाला स्थापित की। 1948 में भौतिक अनुसंधान प्रयोगशाला की स्थापना की। वे जीवन पर्यंत इस प्रयोगशाला से जुड़े रहे। प्रयोगशाला में परमाणु शक्ति, कंप्यूटर तकनीक, आंतरिक विकिरण, खगोल भौतिकी आदि क्षेत्रों में कार्यरत रहे।

भौतिक विज्ञान से उनका लगाव उन्हें प्रसिद्ध वैज्ञानिक डॉ. सी.वी. रमन और होमी जहांगीर भाभा के करीब ले आया। अंतरिक्ष तकनीकी के क्षेत्र में भारत की उपलब्धियों का सारा श्रेय साराभाई को ही जाता है। उनकी एक योजना के तहत 1975 में आर्यभट्ट अंतरिक्ष में भेजा गया था। भारत में भास्कर, रोहिणी, एपल, इनसेट-1 आदि उपग्रह साराभाई द्वारा किए गए कार्यों के फलस्वरूप ही संभव हो सके हैं। ये सब विकसित उपग्रह अंतरिक्ष तकनीकी का ही कमाल हैं। साराभाई ने नेहरू विकास संस्थान व लोक विज्ञान केंद्र की भी नींव रखी।

डॉ. विक्रम साराभाई को कई उपाधियों और पुरस्कारों से सम्मानित किया गया जिनमें 1962 में शांति स्वरूप भटनागर मैमोरियल पुरस्कार, 1966 में पद्मभूषण और मरणोपरांत

पद्मविभूषण सम्मिलित हैं। नि:शक्तिकरण से संबंधित कई महत्वपूर्ण अंतर्राष्ट्रीय संस्थाओं में वे भारत के प्रतिनिधि रहे। 30 दिसंबर 1971 को अहमदाबाद में 52 वर्ष की आयु में उनका निधन हो गया। देश ने एक अनुपम वैज्ञानिक को खो दिया।

डॉ. विक्रम साराभाई का जीवन विज्ञान और तकनीकी क्षेत्र में असाधारण योगदान का प्रतीक है। उनका जन्म 12 अगस्त 1919 को अहमदाबाद के एक प्रतिष्ठित औद्योगिक घराने में हुआ था। प्रारंभिक शिक्षा एक प्राइवेट स्कूल में प्राप्त करने के बाद, उन्होंने गुजरात कॉलेज से इंटरमीडिएट की परीक्षा उत्तीर्ण की। बीस वर्ष की उम्र में कैम्ब्रिज विश्वविद्यालय से भौतिकी में त्रिपोस की परीक्षा पास की और 1947 में पी.एच.डी. की उपाधि भी प्राप्त की।

डॉ. साराभाई ने ब्रह्मांड और सौरमंडल के कई जटिल प्रश्नों के प्रायोगिक समाधान खोजे। 23 वर्ष की उम्र में, उन्होंने भारत सरकार के सहयोग से गुलमर्ग में एक वैज्ञानिक उपकरणों से सुसज्जित प्रयोगशाला स्थापित की। 1948 में, उन्होंने भौतिक अनुसंधान प्रयोगशाला की स्थापना की, जो परमाणु शक्ति, कंप्यूटर तकनीक, आंतरिक विकिरण, और खगोल भौतिकी जैसे क्षेत्रों में महत्वपूर्ण कार्य करती रही।

भौतिक विज्ञान के प्रति उनका लगाव उन्हें डॉ. सी.वी. रमन और होमी जहांगीर भाभा के निकट ले आया। अंतरिक्ष तकनीकी के क्षेत्र में भारत की उपलब्धियों का श्रेय उन्हें ही जाता है। उनकी योजना के तहत 1975 में आर्यभट्ट उपग्रह को अंतरिक्ष में भेजा गया। इसके अलावा, भास्कर, रोहिणी, एपल, इनसेट-1 जैसे उपग्रहों का विकास उनकी दूरदृष्टि और मेहनत का परिणाम है।

डॉ. साराभाई ने नेहरू विकास संस्थान और लोक विज्ञान केंद्र की भी स्थापना की। उनके उल्लेखनीय योगदान के लिए उन्हें कई उपाधियों और पुरस्कारों से सम्मानित किया गया, जिनमें 1962 में शांति स्वरूप भटनागर मैमोरियल पुरस्कार, 1966 में पद्मभूषण, और मरणोपरांत पद्मविभूषण शामिल हैं। उन्होंने नि:शक्तिकरण से संबंधित कई महत्वपूर्ण अंतर्राष्ट्रीय संस्थाओं में भारत का प्रतिनिधित्व किया।

30 दिसंबर 1971 को 52 वर्ष की आयु में उनका निधन हो गया। उनके निधन से देश ने एक अनुपम वैज्ञानिक को खो दिया। डॉ. विक्रम साराभाई का जीवन और कार्य विज्ञान और तकनीकी क्षेत्र में नवप्रवर्तन और समर्पण का अद्वितीय उदाहरण है, जो आने वाली पीढ़ियों के लिए सदैव प्रेरणास्रोत रहेगा।

# माइकल फैराडे
# (1791-1867)

ब्रिटिश रसायनशास्त्री और भौतिकविद् माइकल फैराडे ने बेंजीन की खोज की और गैसों को द्रव अवस्था में लाने की विधि खोजी। विज्ञान में उनका महत्वपूर्ण योगदान विद्युत चुंबकीय इंडक्शन और इलेक्ट्रोलिसिस के सिद्धांत से संबंधित है।

माइकल फैराडे के पिता लुहार थे। उनकी स्कूल की शिक्षा बहुत कम थी। परिवार इतना गरीब था कि तेरह साल की उम्र में फैराडे को स्कूल छोड़कर नौकरी करने के लिए विवश होना पड़ा। वे एक बुक बाइंडर के यहां काम करने लगे और यहां पर फैराडे ने विज्ञान पर पुस्तकें पढ़ी और विद्युत संबंधी प्रयोग किए।

एक दिन फैराडे ने प्रख्यात रसायनशास्त्री सर हम्फ्री डेवी का भाषण सुना। फैराडे ने सर डेवी को चिट्ठी में उस भाषण का सार लिखते हुए नौकरी मांगी और डेवी ने उनके पत्र से प्रभावित होकर उन्हें अपना सहायक बना लिया।

फैराडे ने डेवी के साथ क्लोरीन का विशेष अध्ययन किया। उन्होंने क्लोरीन गैस को दवाब के द्वारा द्रव में बदलना सीख लिया था। बाद में उन्होंने अन्य गैसों के साथ भी इसी तरह के प्रयोग किए। उन्होंने अपने विद्युत चुंबकीय प्रयोग जारी रखे। सन् 1831 में उन्होंने विद्युत-चुंबकीय इंडक्शन की महान खोज की। उन्होंने यह साबित किया कि चुंबकीय क्षेत्र की मदद से विद्युत ऊर्जा कैसे प्राप्त की जा सकती है। दरअसल, माइकल फैराडे ने विद्युत के नए स्त्रोतों को खोजा और डायनैमो का निर्माण भी किया। वे सच्चे मायनों में विद्युत के व्यावसायिक और व्यावहारिक उत्पादन के पितामह थे।

# अब्राहम लिंकन<br>(1809-1865)

अब्राहम लिंकन ने अमेरिका को दासप्रथा से मुक्त किया और देश को विघटन की स्थिति से बचाया। वे गरीब घर में पैदा हुए। "गरीब पैदा होना कोई गुनाह नहीं, अपितु गरीब रहकर मर जाना गुनाह है।" क्योंकि आम व्यक्ति को जो अवसर मिले वही अवसर आपको मिले। एक ने तरक्की की, दूसरे ने नहीं, यह किसका दोष ? समय और भाग्य को दोष देना सर्वथा अनुचित है। कर्म, मेहनत, एकाग्रता से कार्य करना और सही दिशा में अपना लक्ष्य साबित करना आपका कर्तव्य है, न कि किसी और का।

अब्राहम के जीवन में संघर्ष ही संघर्ष था। शायद ही कोई व्यक्ति हो जिसने जीवन में इतना संघर्ष किया हो। उन्हें पुस्तकें, अखबार, पत्रिकाएं पढ़ने का बहुत शौक था। ग्राहकों तक पहुंचने के पहले अखबार और पत्रिकाएं पढ़ चुके होते थे। 22 वर्ष की उम्र में बिजनेस शुरू किया, जो चौपट हो गया। 23 वर्ष में चुनाव लड़े, हार गए। 24 वर्ष की उम्र में फिर बिजनेस शुरू किया, दिवालिया हो गए। 26 वर्ष की उम्र में प्रेमिका की मृत्यु का गहरा सदमा लगा। 27 वर्ष में नर्वस ब्रेकडाउन का शिकार हुए। 29 वर्ष में स्पीकर का चुनाव हारे। 31 वर्ष में इलेक्टर का चुनाव हारे। 34 और 39 वर्ष में विधानसभा चुनाव हारे। 46 वर्ष में सिनेट चुनाव हारे। 49 वर्ष में फिर सिनेट का चुनाव हारे। हर हार से उन्होंने कुछ नया सीखा, किन्तु अपनी हिम्मत नहीं हारी और पुन: नए जोश से फिर प्रयास किया।

51 वर्ष की उम्र में वे अमेरिका के सोलहवें राष्ट्रपति बने। उनके जीवन से हमें बहुत कुछ सीखने को मिलता है। सच्ची लगन, इच्छाशक्ति, कड़ी मेहनत और सही दिशा में सही काम तक पहुंचने का जुनून आप में है तो आप सारी असफलता की बाधाएं पार कर सफलता की 'मंजिल' जरूर तय करेंगे।

# अल्बर्ट आइंस्टीन
## (1879-1955)

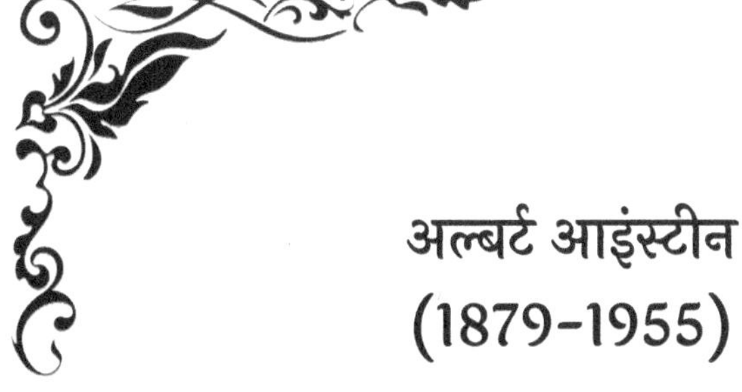

अल्बर्ट आइंस्टीन तीन वर्ष तक बोलना भी नहीं सीख पाए थे और बचपन में पढ़ाई में बहुत कमजोर थे। दरअसल, उनके माता-पिता को यह डर सताता था कि उनका बच्चा कहीं मंदबुद्धि तो नहीं है।

सन् 1895 में उन्होंने पॉलीटेक्निक अकादमी में आवेदन दिया तो उन्हें अयोग्य माना गया। एक साल घर पर अध्ययन करने के बाद उन्हें वहां प्रवेश मिला और सन् 1900 में स्नातक हो गए। जब पहले वहां पढ़ाने की इच्छा जाहिर की तो उन्हें फिर अयोग्य कहकर अवसर नहीं दिया गया। कितनी विडंबना है कि भविष्य में सापेक्षता के सिद्धांत की बदौलत नोबल पुरस्कार जीतने वाले अल्बर्ट आइंस्टीन को जीवन के हर मोड़ पर अयोग्य का 'तमगा' मिलता रहा। सबसे बड़ी बात यह थी कि उन्होंने खुद को कभी अयोग्य नहीं समझा।

उन्होंने बर्न स्विस पेंटेट ऑफिस में नौकरी की। नौकरी के साथ-साथ अपने खाली समय में वे सापेक्षता के सिद्धांत पर काम करते रहे। जब उन्होंने सापेक्षता का सिद्धांत दुनिया के सामने रखा तो वे रातोंरात प्रसिद्ध हो गए। यह सिद्धांत बहुत जटिल था और आइंस्टीन के अनुसार इसे दुनिया में शायद दस-बारह लोग ही समझ पाए होंगे। उन्होंने सापेक्षता के सिद्धांत को आसान शब्दों में इस तरह समझाया था कि - "जब आप सुंदर प्रेमिका के साथ बैठे हो तो एक घंटा एक पल की तरह लगता है, परंतु जब आप लाल सुर्ख कोयले पर बैठे हो तो एक पल एक घंटे की तरह लगता है।"

अल्बर्ट आइंस्टीन के लिए भौतिकी पहले नंबर पर आती थी और पत्नी दूसरे नंबर पर। इस बात से उनकी पत्नी गुस्सा थीं और अंत में दोनों का तलाक हो गया। उन्हें काम का इतना जुनून था कि वह अधिकांश समय में काम में ही व्यस्त रहते थे। उनकी सफलता का राज भी यही था - मेहनत, मेहनत और मेहनत।

# थॉमस एडिसन
# (1847-1931)

थॉमस अल्बा एडिसन दुनिया के सबसे बड़े आविष्कारक माने जाते हैं। उन्होंने लगभग 1093 आविष्कारों का पेटेंट करवाया। रोचक बात यह है कि बचपन में इस महान आविष्कारक को मंदबुद्धि समझा जाता था। उनके शिक्षक ने साफ कह दिया था कि वे कुछ नहीं सीख सकते और जीवन में कुछ नहीं बन सकते। वे सिर्फ तीन महीने स्कूल गए। बाद में उनकी मां ने उन्हें घर पर पढ़ाया। मां और गुरु दोनों से बेहतर थॉमस के लिए कुछ नहीं था।

वे मन लगाकर पढ़ने लगे। दस साल की उम्र में उन्होंने ढेरों पुस्तकें पढ़ीं। उनका कहना था कि "मैंने पुस्तकें नहीं पढ़ीं, मैंने पूरी लाइब्रेरी पढ़ डाली। मैंने एक अंत से किताबें पढ़ना शुरू किया और डेट्राइट की आधी लाइब्रेरी चाट डाली।" इसी ज्ञान ने उन्हें प्रकृति के रहस्यों को खोजने के लिए प्रेरित किया। वे प्रयोगों में इतने खो जाते थे कि मुश्किल से तीन-चार घंटे ही सोते थे। जब भी किसी नए आविष्कार की धुन में वे कई दिन तक घर नहीं जाते थे। अपनी मेज पर ही पुस्तक को तकिए की तरह रखकर झपकी ले लेते थे और आंख खुलने पर फिर काम में जुट जाते थे।

एक बार एडिसन बिना खाए साठ घंटे तक काम करते रहे, क्योंकि उन्होंने संकल्प लिया था कि जब तक उस काम को पूरा नहीं कर लेंगे, तब तक भोजन नहीं करेंगे। बिजली का बल्ब बनाते समय उनके हजारों प्रयोग असफल रहे, फिर भी उन्होंने हार नहीं मानी। वे मानते थे कि हर असफलता इंसान को सफलता के अधिक करीब लाती है, इसलिए यह विश्वास के साथ जुटे रहे और अंतत: उन्होंने बिजली का बल्ब बना लिया। उनकी सफलता का राज यह था कि उन्होंने कठिनाई को चुनौती की तरह लिया और जीवन की बाधाओं को सफलता की सीढ़ी बना लिया। बिजली का बल्ब, रिकॉर्ड प्लेयर और अन्य उपकरणों का आविष्कार उन्होंने किया। किसी ने ठीक ही कहा "आवश्यकता ही आविष्कार की जननी है।"

# आनंद बख्शी
# (1930-2002)

आनंद बख्शी का जन्म रावलपिंडी में एक मोयल ब्राम्हण परिवार में 21 जुलाई 1930 को हुआ। भारत और पाकिस्तान के विभाजन के समय उनका पूरा परिवार भारत आ गया और लखनऊ आ बसा। उन्होंने दो बार मुंबई आकर फिल्म लाइन में संघर्ष किया, लेकिन सफलता नहीं मिली। फिर उन्होंने परिवार के साथ रहते हुए सेना में भर्ती हो गए। तीन वर्ष सेना में कार्य किया। पिता ने सेना में रहते हुए उनका विवाह कर दिया। उन्हें दो पुत्र और दो पुत्रियां हुईं। जीवन कुछ ठीक ही चल रहा था, किन्तु उन्हें संतोष नहीं था। पत्नी और बच्चों को ससुराल में छोड़कर पुन: मुंबई का रास्ता अपनाया।

फिर जीवन में संघर्ष का दौर शुरू हुआ। मुंबई में उनकी मदद एक रेल कर्मचारी ने की। यहां तक कि रहने और खाने तक की व्यवस्था छह साल तक की और बख्शीजी से कहा कि आप एक न एक दिन जरूर महान गीतकार बनोगे। वे ऐसे बाजीगर थे कि मात्र आठ मिनट में गीत लिख देते थे। अपने काम के प्रति ईमानदार, मेहनती और अनुशासित थे। संघर्ष के दौरान फिल्म अभिनेता भगवान दादा ने उनकी मदद की और फिल्मों में गीत लिखने का मौका दिया।

फिर उन्होंने जीवन में पीछे मुड़कर नहीं देखा। फिल्म कैरियर में लगभग पैंतालीस वर्षों में उन्होंने लगभग चार हजार से अधिक सुपरहिट गीत लिखे। फिल्म अभिनेता राजेश खन्ना की सफलता में बख्शी साहब का अहम रोल था। अगर बख्शी साहब के गीतों को हटा दिया जाए, तो बॉलीवुड सिनेमा बेरंग हो जाएगा। उन्होंने एक फिल्म में फकीर का रोल किया था। वे अनुभवी गायक-गायिका को गीत के बोल के बारे में समझाते थे। वे लोग भी बख्शी साहब की बातों का बुरा नहीं मानते थे, बल्कि उसे गंभीरता से लेकर गाने में सुधार करते थे और वह गीत सुपरहिट हो जाता था। सभी को खुशी होती। उन्हें चार बार फिल्मफेयर अवार्ड से नवाजा गया। उनका आम आदमी के लिए एक ही संदेश था कि जीवन में अपना "लक्ष्य" निर्धारित करें। जब तक

"लक्ष्य" नहीं होता, जीवन बिना नाविक की नाव जैसी है। जिसकी कोई दिशा-दशा और नियति नहीं होती, वह दिशाहीन होती है। दिशाहीन को डूबना होता है। "लक्ष्य" निर्धारित कर उस दिशा में मेहनत और प्रयास जरूर करें। आपको सफलता अवश्य मिलेगी।

मुंबई में आनंद बख्शी का संघर्ष फिर से शुरू हुआ। एक रेल कर्मचारी ने उन्हें रहने और खाने की व्यवस्था की और उन्हें विश्वास दिलाया कि वे एक दिन महान गीतकार बनेंगे। बख्शीजी मात्र आठ मिनट में गीत लिख सकते थे और अपने काम के प्रति अत्यंत ईमानदार, मेहनती और अनुशासित थे। संघर्ष के इस दौर में फिल्म अभिनेता भगवान दादा ने उनकी मदद की और उन्हें फिल्मों में गीत लिखने का अवसर प्रदान किया।

इसके बाद उन्होंने पीछे मुड़कर नहीं देखा। अपने पैंतालीस साल के फिल्मी करियर में उन्होंने लगभग चार हजार से अधिक सुपरहिट गीत लिखे। राजेश खन्ना की सफलता में उनके गीतों का अहम योगदान था। उनके गीतों ने बॉलीवुड सिनेमा को रंगीन बना दिया। वे गायक-गायिकाओं को गीत के बोल के बारे में समझाते थे और वे उनकी बातों को गंभीरता से लेकर गाने में सुधार करते थे, जिससे वह गीत सुपरहिट हो जाता था। उन्हें चार बार फिल्मफेयर अवार्ड से नवाजा गया।

आनंद बख्शी का जीवन संदेश था कि जीवन में अपना "लक्ष्य" निर्धारित करें। बिना लक्ष्य के जीवन दिशाहीन होता है और दिशाहीन को डूबना होता है। उन्होंने कहा कि लक्ष्य निर्धारित कर उस दिशा में मेहनत और प्रयास जरूर करें, जिससे सफलता अवश्य मिलेगी। उनके इस प्रेरणादायक जीवन और संदेश ने कई लोगों को मार्गदर्शन दिया और आज भी उनके गीत और उनके विचार हमें प्रेरित करते हैं।

# लता मंगेशकर
# (1929-2022)

लता मंगेशकर का एक्टिंग में मन नहीं था, वे गाना ही गाना चाहती थीं। यह बात उन्होंने अपनी मां को बताई थी। कई संगीतकारों ने उनकी आवाज को रिजेक्ट किया था कि यह आवाज बहुत पतली है। उन्होंने हिम्मत नहीं हारी और प्रयास करती रहीं। एक बार उनकी तारीफ मास्टर गुलाम हैदर ने की और कहा कि "लताजी एक दिन बहुत मशहूर होंगी। गायिकी में उनका एक नाम होगा" और उनकी बात सच साबित हुई।

फिल्मी दुनिया में संगीतकार से लेकर डायरेक्टर तक लताजी को चाहते थे। हर कोई डायरेक्टर यह चाहता था कि उनकी फिल्म में लताजी गाना गाएं। हर नई हीरोइन की नई फिल्म लताजी के गीत से शुरू होती थी। जब वह मात्र तेरह वर्ष की थीं, तो उनके पिता का निधन हो गया। परिवार की पूरी जिम्मेदारी लताजी पर आ गई। परिवार में ये बड़ी थीं। फिल्मी गीत गाकर परिवार की परवरिश की। परिवार के खातिर उन्होंने खुद शादी नहीं की। यह उनका बहुत बड़ा बलिदान और त्याग रहा। 1963 में उन्हें जहर देकर मारने की कोशिश की गई। तीन माह बीमार रहने के बाद उनका स्वास्थ्य ठीक हुआ और उन्होंने बीमारी से उठने के बाद हेमंत के कहने पर फिल्म "बीस साल बाद" में गीत गाया- "कहीं दीप जले, कहीं दिल"। यह गीत सुपरहिट हुआ और उन्हें फिल्मफेयर अवार्ड मिला।

उन्होंने अपने जीवनकाल में लगभग 50,000 से ज्यादा पच्चीस भाषाओं में गीत गाए। उन्हें भारत की कोकिला भी कहा जाता है। उन्हें 1969 में दादा साहब फाल्के अवार्ड, 1989 में महाराष्ट्र भूषण, 1997 में पद्म विभूषण, 2001 में भारत रत्न आदि पुरस्कार मिले। 1999 से 2005 तक राज्यसभा सांसद मनोनीत किया गया।

जीवन में बहुत संघर्ष करना पड़ा। कई बार रिजेक्शन के बाद भी वे हतोत्साहित नहीं हुई। पुन: नए जोश के साथ आगे बढ़ी और जीवन में सफलता हासिल की। लता दीदी ने अपने आपको इतना रोशन किया कि उनका परिचय देने वाला अपने आपको गर्व महसूस करता था।

# मुकेशजी
# (1923-1976)

मुकेश का जन्म श्री जी.सी. माथुर के परिवार में पंजाब प्रदेश के लुधियाना शहर में हुआ। उन्होंने अपने जीवन में कई उतार-चढ़ाव का दौर देखा और संघर्ष किया। दिल्ली निर्माण विभाग में क्लर्क का कार्य किया, किन्तु वह कार्य उन्हें रास नहीं आया। उन्होंने संगीत की शिक्षा अपनी बड़ी बहन से प्राप्त की थी। फिर उन्होंने मोतीलालजी के घर संगीत की शिक्षा पारंपरिक रूप से लेना शुरू किया, लेकिन उनकी दिल की तमन्ना हिंदी फिल्मों में बतौर अभिनेता के रूप में प्रवेश करने की थी।

उन्होंने दसवीं तक शिक्षा ग्रहण की थी। जीवन में संघर्ष और मेहनत करते रहे। 1941 में फिल्म "निर्दोष" में बतौर अभिनेता और पार्श्व गायक के रूप में कार्य किया। उनकी हॉबी घुड़सवारी, गायन आदि में रहीं। कुल मिलाकर 1300 गीत उन्होंने गाए। 200 से ज्यादा फिल्मों में सभी प्रकार के गीत गाए। मुकेश का अर्थ "गूंगा का भगवान" होता है। उनकी आखिरी रिकॉर्डिंग 'धरम-करम' फिल्म के गीत "एक दिन बिक जाएगा" थी।

उन्होंने सन् 1940 दशक से 1970 के दशक तक सक्रिय रहे। कई बार स्टेज शो प्रोग्राम भी किए। चार बार उन्हें राष्ट्रीय फिल्मफेयर अवार्ड भी मिला। ये फिल्म अभिनेता राज कपूर, दिलीप कुमार और कई अन्य अभिनेता के लिए गीत गाए। राज कपूर के बहुत अच्छे और प्रिय दोस्त थे। उन्होंने अभिनेता, संगीत, निर्देशक, निर्माता और गायक के रूप में कार्य किया। 27 अगस्त 1976 को संयुक्त राज्य अमेरिका में दिल का दौरा पड़ने से उनकी मृत्यु हो गई। उनका अंतिम संस्कार भारत में ही किया गया। अभिनेता राज कपूर ने खुद शब्दों में कहा, "सचमुच मेरी आवाज खत्म हो गई।" उनकी मृत्यु से राज कपूर को बहुत आघात हुआ।

मुकेशजी आज हम लोगों के बीच नहीं हैं, किन्तु उनके मधुर गीतों के कारण लाखों-लाखों के दिलों पर राज कर रहे हैं और उनके गीत आज भी लोग बेहद पसंद करते हैं।

# अमीन सायानी
# (1932-2024)

मधुर आवाज के जादूगर "नमस्कार बहनों और भाईयों" में आपका दोस्त अमीन सायानी बोल रहा हूँ। 42 साल तक अपने इस शानदार अंदाज और मधुर आवाज के जादूगर का जन्म मुंबई, महाराष्ट्र प्रदेश में हुआ। जब वह सात साल के थे, तब पहली बार ऑल इंडिया रेडियो में ब्रॉडकास्टर उनके बड़े भाई हामिद सायानी के साथ रेडियो प्रसारण देखने आए। तभी से अमीन ने आवाज की इस दुनिया का हिस्सा बनने की ठान ली थी। इसमें उनकी माँ कुलसुम और बड़े भाई हामिद दोनों उनके गुरु रहे।

उन्होंने अपने करियर की शुरुआत ऑल इंडिया रेडियो मुंबई से की थी। 10 साल तक अंग्रेजी प्रोग्राम का हिस्सा रहे। आजादी के बाद उन्होंने हिंदी की ओर रुख किया। अमीन की हिंदी, अंग्रेजी, उर्दू, और गुजराती भाषा पर भी मजबूत पकड़ थी। वे हर दिन बारह-बारह घंटे काम करते थे। उनके काम में उनकी पत्नी रमा भी मदद करती थीं। कई फिल्मों में रेडियो अनाउंसर के तौर पर नजर आए।

अमीन मशहूर रेडियो संचालक सिर्फ भारत के ही नहीं बल्कि एशिया में भी प्रसिद्ध हुए। पत्रिका "रहबर" तीन भाषाओं में प्रकाशित होती थी। वे संपादन, छपाई और प्रकाशन की गतिविधियों में अपनी माँ की मदद करते थे। 1976 में भारतीय विज्ञापनों और रेडियो शो का निर्माण शुरू करने वाले अमीन सायानी पहले व्यक्ति थे, जिन्होंने यू.एस.ए., कनाडा, इंग्लैंड, मॉरीशस, फिजी, न्यूजीलैंड, स्विटजरलैंड आदि देशों में निर्यात किया। 1951 से उन्होंने 54,000 से अधिक रेडियो कार्यक्रम और 19,000 विज्ञापन जिंगल्स का निर्माण और प्रस्तुति की।

इनका मशहूर प्रोग्राम 1952 से "बिनाका गीतमाला" रेडियो (सीलोन) वर्तमान श्रीलंका से प्रसारित होता था। लगभग 42 वर्षों तक रेडियो सीलोन और विविध भारती पर प्रसारित होता रहा और उन्होंने कामयाबी की बुलंदी को छू लिया। उन्हें बहुत सारे अवार्ड मिले जिनमें 1992

का व्यक्ति पुरस्कार और 2009 का पद्मश्री पुरस्कार शामिल है। अमिताभ बच्चन ऑडिशन के लिए बिना अपॉइंटमेंट मिलने गए, उन्होंने मिलने से साफ मना कर दिया। जो हुआ अच्छा हुआ, आज अमिताभ महानायक हो गए। वे मशहूर आवाज के जादूगर बन गए। दोनों को उस समय एक-दूसरे से न मिलने का मलाल रहा। अमीन सायानी 20 फरवरी 2024 को इस दुनिया को अलविदा कह गए।

अमीन सायानी ने अपने करियर की शुरुआत ऑल इंडिया रेडियो मुंबई से की थी, जहां वे दस साल तक अंग्रेजी प्रोग्राम का हिस्सा रहे। आजादी के बाद, उन्होंने हिंदी प्रोग्रामिंग की ओर रुख किया और अपनी मधुर आवाज से सभी को मंत्रमुग्ध कर दिया। हिंदी, अंग्रेजी, उर्दू और गुजराती भाषाओं पर उनकी मजबूत पकड़ थी। वे हर दिन बारह घंटे काम करते थे, और उनकी पत्नी रमा भी उनके काम में मदद करती थीं। उन्होंने कई फिल्मों में रेडियो अनाउंसर के रूप में भी अपनी पहचान बनाई।

अमीन सायानी न केवल भारत में, बल्कि पूरे एशिया में मशहूर रेडियो संचालक बने। वे "रहबर" नामक पत्रिका का संपादन, छपाई और प्रकाशन भी करते थे। 1976 में, उन्होंने भारतीय विज्ञापनों और रेडियो शो का निर्माण शुरू किया और यू.एस.ए., कनाडा, इंग्लैंड, मॉरीशस, फिजी, न्यूजीलैंड, स्विटजरलैंड आदि देशों में निर्यात किया। 1951 से उन्होंने 54,000 से अधिक रेडियो कार्यक्रम और 19,000 विज्ञापन जिंगल्स का निर्माण और प्रस्तुति की।

उनका सबसे मशहूर प्रोग्राम "बिनाका गीतमाला" था, जो 1952 से रेडियो सीलोन (वर्तमान श्रीलंका) से प्रसारित होता था। यह प्रोग्राम लगभग 42 वर्षों तक रेडियो सीलोन और विविध भारती पर प्रसारित होता रहा और इसकी सफलता ने अमीन सायानी को एक प्रसिद्ध नाम बना दिया। उन्हें कई पुरस्कार मिले, जिनमें 1992 का व्यक्ति पुरस्कार और 2009 का पद्मश्री पुरस्कार शामिल हैं।

अमिताभ बच्चन जब ऑडिशन के लिए उनसे मिलने गए थे, तो उन्हें बिना अपॉइंटमेंट के मिलने से मना कर दिया गया। यह घटना बाद में दोनों के लिए एक महत्वपूर्ण मोड़ साबित हुई। अमिताभ बच्चन महानायक बन गए और अमीन सायानी अपनी मधुर आवाज के जादूगर के रूप में प्रसिद्ध हो गए।

अमीन सायानी ने 20 फरवरी 2024 को इस दुनिया को अलविदा कह दिया, लेकिन उनकी आवाज और उनके योगदान सदैव याद किए जाएंगे। उनके द्वारा किए गए काम और उनके प्रेरणादायक जीवन ने रेडियो और संचार के क्षेत्र में एक नई दिशा दी है।

# मेजर ध्यानचंद
# (1905-1979)

ध्यानचंद का जन्म 29 अगस्त 1905 को इलाहाबाद में हुआ, जिसे अब प्रयागराज कहा जाता है। वे राजपूत परिवार से थे। भारतीय हॉकी टीम के स्टार खिलाड़ी थे। उन्होंने जीवन में संघर्ष, कड़ी मेहनत और निरंतर प्रैक्टिस कर हॉकी खेल में अपनी जबरदस्त पकड़ बनाई।

जब वह मैदान में उतरते थे, तो गेंद मानो उनकी हॉकी स्टिक से चिपक जाती थी। 22 साल के हॉकी करियर में उन्होंने अपने विरोधियों के साथ पूरी दुनिया को हैरान किया। उन्होंने अपने खेल जीवन में एक हजार गोल दागे, जिनमें से चार सौ अंतर्राष्ट्रीय हॉकी खेल में थे। 1928 के एम्सर्डम, 1932 के लॉस एंजिल्स और 1936 के बर्लिन ओलंपिक में तीन बार भारत को स्वर्ण पदक जिताने में खास भूमिका निभाई।

बर्लिन ओलंपिक में ध्यानचंद के शानदार प्रदर्शन से प्रभावित होकर जर्मनी के शासक हिटलर ने उन्हें डिनर हेतु आमंत्रित किया था। डिनर के उपरांत ध्यानचंद को लालच दिया गया, जर्मनी की नागरिकता और सेना में बड़ा पद का प्रस्ताव रखा गया, जिसे उन्होंने विनम्रता के साथ ठुकरा दिया। "हिंदुस्तान ही मेरा वतन है, हिंदुस्तान के लिए ही हॉकी खेलता रहूँगा," उन्होंने कहा।

एक बार विरोधियों ने खेल के दौरान उनकी हॉकी स्टिक पर आपत्ति जताई। जब हॉकी बदलकर खेल शुरू हुआ, तो ध्यानचंद ने गोल पर गोल करते रहे और विरोधी हतप्रभ रह गए। उनका शानदार प्रदर्शन देखकर उन्हें 'हॉकी का जादूगर' कहा गया। उन्हें खेल के उत्कृष्ट प्रदर्शन के लिए कई बार स्वर्ण पदक, प्रशस्ति पत्र और सम्मान मिले। उनकी जीवनी पर आत्मकथा 'गोल' नाम की किताब लिखी गई। उनके जन्मदिन को भारत में 'राष्ट्रीय खेल दिवस' के रूप में मनाया जाता है।

74 वर्ष की उम्र में 3 दिसंबर 1979 को एम्स दिल्ली में लीवर कैंसर से उनकी मृत्यु हो गई।

# दारा सिंह
# (1928–2012)

**पं**जाब प्रदेश के अमृतसर में दारा सिंह का जन्म हुआ। वे अमृतसर में खेती का कार्य करते थे। 1942 में उनके माता-पिता ने उनकी मर्जी के बिना शादी करवाई थी। 1952 में तलाक हो गया था। दूसरी शादी सुरजीत कौर से की, जिनसे उनकी सात संतानें हुईं। एक भाई जिसका नाम सरवर सिंह रंधावा था। 1947 को अपने चाचाजी के साथ सिंगापुर गए थे। वहां उन्होंने मलेशिया के चैंपियन परलोक सिंह को कुश्ती में पराजित किया। 1954 में राष्ट्रीय चैंपियन और बाद में विश्व चैंपियन बने।

अपने जीवन में उन्होंने पांच सौ कुश्ती प्रतियोगिताओं में हिस्सा लिया। सभी में "विजयश्री" हासिल की। 200 किलो वजन के किंग-कॉग के साथ 130 किलो के दारा सिंह ने मुकाबला किया और उसे परास्त किया। उन्हें रुस्तम-ए-पंजाब और रुस्तम-ए-हिंद की उपाधि से नवाजा गया। वह एक अपराजित योद्धा थे।

1952 में पहली फिल्म "संगदिल" रिलीज हुई। उन्होंने 100 से अधिक फिल्मों में भूमिका निभाई। आखिरी फिल्म 'वी मेट' रही। उन्होंने रामानंद सागर के धार्मिक टीवी सीरियल 'रामायण' में हनुमानजी की भूमिका निभाई। लोगों ने उनकी भूमिका की बहुत सराहना की। तब से वह बहुत अधिक प्रसिद्ध हो गए। 2003 में अटल बिहारी वाजपेई सरकार में उन्हें राज्यसभा का सदस्य बनाया गया।

उन्हें अपने जीवन काल में स्मृति चिन्ह, प्रशस्ति पत्र और पुरस्कार भी मिले। वे सफल रेसलर, एक्टर, राजनेता और दयालु व्यक्ति रहे। उनकी मृत्यु 7 जुलाई 2012 में बीमारी के कारण हुई।

# मिल्खा सिंह
# (1929-2021)

मिल्खा सिंह का जन्म गोविंदपुर, पाकिस्तान में 2 नवंबर 1929 को हुआ, किन्तु दस्तावेज के अनुसार 17 अक्टूबर 1935 को माना जाता है। भारत-पाक बंटवारे के दौरान उन्होंने अपने माता-पिता को खो दिया। वे सिख राठौर परिवार से थे। दु:ख, घटना, और यादों के बावजूद अपना आत्मविश्वास और ताकत बनाए रखा। 1951 में सेना में भर्ती हुए। 1962 में वॉलीबॉल टीम की कप्तान निर्मल कौर से शादी की। उनके चार बच्चे हैं, तीन बेटियाँ और एक बेटा। 1999 में उन्होंने एक बच्चा गोद लिया, जिसका नाम हर्प्रीतदार विक्रम सिंह रखा गया, जो टाइगर हिल युद्ध में शहीद हो गया।

1957 में 400 मीटर दौड़ में हिस्सा लेकर नया राष्ट्रीय कीर्तिमान स्थापित किया। 1958 में राष्ट्रीय खेलों में हिस्सा लिया और 400 मीटर और 200 मीटर रेस में स्वर्ण पदक प्राप्त किया। आजाद भारत के स्वर्ण पदक जीतने वाले प्रथम खिलाड़ी रहे। कमिश्नर ऑफिसर के तौर पर पदोन्नति हुई। 1960 में रोम ओलंपिक में 400 मीटर रेस में हिस्सा लिया। लाल टोपी की वजह से काफी प्रसिद्ध हुए। 1962 में जकार्ता में 400 मीटर रेस में हिस्सा लिया और विजेता घोषित हुए। अपने करियर के दौरान 80 में से 77 रेस जीतकर विजयश्री प्राप्त की।

1959 में पद्मभूषण और हेल्स अवार्ड से सम्मानित हुए। 1960 में भारत-पाक प्रतियोगिता में बिना भाग लिए नहीं रह सकते थे। भारत-पाक बंटवारे की दु:खद यादें उनके मन में थीं। उन्होंने भाग लेने से मना किया, लेकिन तात्कालिक प्रधानमंत्री पंडित जवाहरलाल नेहरू के कहने पर उन्होंने रेस में हिस्सा लिया और उसे जीता। पाकिस्तान के तात्कालिक प्रधानमंत्री अय्यूब खान ने उनकी तारीफ करते हुए कहा, "आज तुम दौड़े नहीं, उड़े थे," इसके बाद से उन्हें फ्लाइंग सिख कहा जाने लगा।

2013 में अपने जीवन पर आधारित पुस्तक 'द रेस ऑफ माई लाइफ' लिखी। 2014 में "भाग मिल्खा भाग" उनके जीवन पर आधारित फिल्म बनी, जिसे लोगों द्वारा काफी सराहा गया। 18 जून 2021 को उनका निधन हो गया। भारत को अपने इस अभूतपूर्व धावक पर हमेशा गर्व रहेगा।

1951 में वे सेना में भर्ती हुए और 1962 में वॉलीबॉल टीम की कप्तान निर्मल कौर से शादी की। उनके चार बच्चे हैं, तीन बेटियाँ और एक बेटा। 1999 में उन्होंने एक बच्चा गोद लिया, जिसका नाम हर्प्रीतदार विक्रम सिंह रखा गया, जो टाइगर हिल युद्ध में शहीद हो गया।

मिल्खा सिंह ने 1957 में 400 मीटर दौड़ में नया राष्ट्रीय कीर्तिमान स्थापित किया। 1958 में उन्होंने राष्ट्रीय खेलों में 400 मीटर और 200 मीटर रेस में स्वर्ण पदक प्राप्त किया और आजाद भारत के स्वर्ण पदक जीतने वाले प्रथम खिलाड़ी बने। कमिश्नर ऑफिसर के तौर पर उनकी पदोन्नति हुई। 1960 में रोम ओलंपिक में 400 मीटर रेस में हिस्सा लिया और अपनी लाल टोपी की वजह से काफी प्रसिद्ध हुए। 1962 में जकार्ता में 400 मीटर रेस में हिस्सा लिया और विजेता घोषित हुए। अपने करियर के दौरान उन्होंने 80 में से 77 रेस जीतकर विजयश्री प्राप्त की।

1959 में उन्हें पद्मभूषण और हेल्स अवार्ड से सम्मानित किया गया। 1960 में भारत-पाक प्रतियोगिता में भाग लेने के लिए उन्होंने पहले मना किया, लेकिन तात्कालिक प्रधानमंत्री पंडित जवाहरलाल नेहरू के कहने पर उन्होंने रेस में हिस्सा लिया और उसे जीता। पाकिस्तान के तात्कालिक प्रधानमंत्री अय्यूब खान ने उनकी तारीफ करते हुए कहा, "आज तुम दौड़े नहीं, उड़े थे," इसके बाद से उन्हें फ्लाइंग सिख कहा जाने लगा।

2013 में उन्होंने अपने जीवन पर आधारित पुस्तक 'द रेस ऑफ माई लाइफ' लिखी। 2014 में उनके जीवन पर आधारित फिल्म "भाग मिल्खा भाग" बनी, जिसे लोगों द्वारा काफी सराहा गया। 18 जून 2021 को उनका निधन हो गया। भारत को अपने इस अभूतपूर्व धावक पर हमेशा गर्व रहेगा।

मिल्खा सिंह का जीवन हमें सिखाता है कि कैसे कठिनाइयों और विपरीत परिस्थितियों के बावजूद भी निरंतर प्रयास और समर्पण से असंभव को संभव बनाया जा सकता है। उनकी कहानी प्रेरणादायक है और यह हमें यह भी याद दिलाती है कि अपने सपनों का पीछा करने में कोई भी बाधा अजेय नहीं होती।

# माइकल जैक्सन (1958-2009)

माइकल जैक्सन अपने माता-पिता की आठवीं संतान थे। उन्हें बचपन से ही संगीत में रूचि थी। इस वजह से 1964 में वे अपने भाई के पॉप गुप में शामिल हो गए थे। उन्होंने बहुत मेहनत और लगन से संगीत को समझा और उनकी रूचि रही। वे टंपोरिन और वीणा अच्छी तरह बजाते थे। साल 1982 में उनकी एक एल्बम आई, जिसका नाम "थ्रिलर" था।

इस एल्बम ने एक नया इतिहास रच दिया। यह अब तक का सबसे ज्यादा बिकने वाला एल्बम बन गया। माइकल को "किंग ऑफ पॉप" के नाम से भी जाना जाता है। उनकी हार्दिक इच्छा थी कि वे 150 वर्षों तक जीने की तमन्ना रखते थे। इसके लिए वे ऑक्सीजन के बेड पर ही सोते थे, वे कभी भी किसी से हाथ नहीं मिलाते थे। पहले दस्ताने पहनते, फिर मास्क लगाते थे। कहा जाता है कि उन्होंने अपनी देखभाल के लिए 12 डॉक्टरों की नियुक्ति की थी जो माइकल के सिर से लेकर पांव तक की जांच करते थे। उन्होंने व्यायाम (एक्सरसाइज) हेतु 15 काबिल लोगों की टीम रखी थी। वे व्यायाम में देखभाल करते थे। भोजन पहले लेबोरेट्री में चेक होता था, उसके बाद उन्हें खिलाया जाता था।

माइकल ने अपने शरीर की कई बार सर्जरी करवाई थी। त्वचा का रंग बदलने और चेहरे की सर्जरी कराई। उन्होंने 1991 में लिसा मैरी से शादी की थी, वह शादी ज्यादा समय तक नहीं चली। 1997 में उन्होंने नर्स डेबी रोव से शादी की, जिससे उन्हें दो संतानें हुईं। प्रिंस माइकल और बेटी पेरिस माइकल। 2007 में वे 1400 करोड़ से अधिक की संपत्ति के मालिक थे। एक समय ऐसा आया था कि वह प्रति सप्ताह 97 करोड़ रुपए कमाते थे। कैलिफोर्निया में उनकी 2700 एकड़ में फैली आलीशान प्रॉपर्टी थी, जिसका नाम "नेवरलैंड रैंच" था। दुनिया में बहुत सारे पॉप सिंगर हुए हैं और भी हैं, लेकिन माइकल जैक्सन जैसा कोई नहीं है। वे ऐसे सुपरस्टार थे जिन्हें दुनिया के हर कोने से लोग जानते थे।

25 जून 2009 को लॉस एंजिल्स में अपने घर में दिल का दौरा पड़ने से उनका निधन हो गया। 51 वर्षों की आयु में मृत्यु हो गई। 150 वर्ष जीने की तमन्ना थी, जो अधूरी रह गई। कहते हैं कि ऊपर वाला हर किसी की सभी इच्छाएं पूरी नहीं करता।

1982 में उनकी एल्बम "थ्रिलर" ने संगीत जगत में तहलका मचा दिया। यह एल्बम अब तक की सबसे ज्यादा बिकने वाली एल्बम बन गई और माइकल जैक्सन को अंतरराष्ट्रीय ख्याति दिलाई। उनकी प्रतिभा और अनूठी शैली ने उन्हें "किंग ऑफ पॉप" का खिताब दिलाया।

माइकल जैक्सन की हार्दिक इच्छा थी कि वे 150 वर्षों तक जीएं। इसके लिए वे ऑक्सीजन के बेड पर सोते थे और किसी से हाथ मिलाने से पहले दस्ताने और मास्क पहनते थे। उनकी देखभाल के लिए उन्होंने 12 डॉक्टरों की नियुक्ति की थी, जो उनके स्वास्थ्य की निगरानी करते थे। इसके अलावा, उन्होंने व्यायाम के लिए 15 विशेषज्ञों की टीम रखी थी और उनका भोजन पहले लेबोरेट्री में चेक होता था।

माइकल जैक्सन ने अपने शरीर की कई बार सर्जरी करवाई थी, जिसमें त्वचा का रंग बदलने और चेहरे की सर्जरी शामिल थी। उन्होंने 1991 में लिसा मैरी प्रेस्ली से शादी की, लेकिन यह शादी ज्यादा समय तक नहीं चली। 1997 में उन्होंने नर्स डेबी रोव से शादी की, जिससे उन्हें दो संतानें हुईं: प्रिंस माइकल और पेरिस माइकल।

2007 में माइकल जैक्सन की संपत्ति 1400 करोड़ से अधिक थी और वे प्रति सप्ताह 97 करोड़ रुपए कमाते थे। उनकी कैलिफोर्निया में 2700 एकड़ में फैली आलीशान प्रॉपर्टी थी, जिसका नाम "नेवरलैंड रैंच" था। उनकी प्रसिद्धि और प्रतिभा ने उन्हें दुनिया के हर कोने में जाना-पहचाना सुपरस्टार बना दिया।

25 जून 2009 को लॉस एंजिल्स में उनके घर में दिल का दौरा पड़ने से उनका निधन हो गया। 51 वर्ष की आयु में उनकी मृत्यु हो गई। उनकी 150 वर्ष जीने की तमन्ना अधूरी रह गई। माइकल जैक्सन का जीवन एक प्रेरणादायक कहानी है, जो उनकी प्रतिभा, समर्पण और संघर्ष को दर्शाता है। उनकी विरासत हमेशा जीवित रहेगी और वे संगीत की दुनिया के एक अमर सितारे बने रहेंगे।

# ब्रूस ली
# (1940-1973)

ब्रूस ली के पिता एक ओपेरा कंपनी में छोटे कलाकार थे। उनका परिवार हांगकांग में दो कमरों के छोटे से फ्लैट में रहता था। पढ़ने में उनका बिल्कुल भी मन नहीं लगता था। दस साल की उम्र में वे केवल गिनती गिनना ही सीख पाए थे। सुनहरे भविष्य की तलाश में वे अमेरिका आए। उनका सपना था सबसे अधिक वेतन वाला और सबसे लोकप्रिय अभिनेता एवं मार्शल आर्टिस्ट बनना।

उन्होंने अधिक समय संघर्ष में जीवन-यापन किया। टीवी सीरियल और कुछ फिल्मों में छुटपुट भूमिकाएं कीं। इस छोटे-छोटे काम से वे संतुष्ट नहीं थे। वे जीवन में बहुत बड़ा करना चाहते थे। नाम, शोहरत, दौलत हो ऐसा कोई बड़ा काम करने का सपना संजोए थे और उस दिशा में प्रयासरत थे। एक दुर्घटना हुई वेट लिफ्टिंग करते समय उनकी कमर में गंभीर चोट आ गई। डॉक्टरों ने कहा कि वे कभी कुंग-फू नहीं खेल सकेंगे। अपने दृढ़ संकल्प और निर्धारित लक्ष्य की प्रेरणा की बदौलत एक साल के भीतर दुबारा कुंग-फू खेलने लगे।

ब्रूस ली अपने प्रतिद्वंद्वियों के साथ जब भी लड़ते थे तो वे ऐसा पंच मारते थे कि प्रतिद्वंद्वी 20 फुट दूर जाकर गिरता था, यह उनकी विशेषता थी। उन्होंने अमेरिका में कुंग फू स्कूल खोला था और कई लोगों को ट्रेनिंग दी।

फिल्मकार रेमंड चाऊ ने उन्हें "द बिग बॉस" और "फिस्ट ऑफ फ्यूरी" के लिए अनुबंधित किया। कई प्रोड्यूसरों ने उन्हें प्रलोभन देने की कोशिश की, पर वे किसी भी प्रोड्यूसर के प्रलोभन में नहीं आए। वे सिद्धांतों और नियमों के पक्के थे। उन्होंने प्रलोभन को ठुकरा दिया। इस दौरान ब्रूस ली 18 से 20 घंटे प्रतिदिन मेहनत करते थे। उन्हें कुछ मौत की आहट महसूस हुई होगी। अपने बचे समय में जितना ज्यादा अच्छा हो, वे उतना काम करना चाहते थे।

उनकी फिल्म "एंटर द ड्रैगन" पूरी हुई और सभी जगह फिल्म हिट रही। ब्रूस ली ने अल्पायु में ही फिल्मी अभिनेता और कुंग फू विशेषज्ञ में महारत हासिल की थी। दुनिया भर में अपनी सफलता का विजयी पताका फहरा दिया था।

# मुहम्मद अली
# (1942-2016)

मुहम्मद अली ने तीन बार विश्व हैवीवेट बॉक्सिंग का खिताब जीता। उनके पिता साइनबोर्ड पेंटर और माँ घरेलू नौकरानी थीं। वे बचपन में एनजीओ संस्था द्वारा दान में मिले कपड़े पहनते थे। लगभग वे बारह वर्ष के थे, तभी उन्होंने दृढ़ संकल्प कर लिया था कि वे दुनिया के महानतम बॉक्सर बनकर रहेंगे और इस ओर अपने प्रयास जारी कर दिए।

प्रतिदिन सात-सात घंटे तक कठोर प्रशिक्षण लेते थे। अपने प्रतिस्पर्धी को परास्त करने के लिए उन्होंने मनोवैज्ञानिक तकनीकों का भी उपयोग किया। वे अक्सर मुकाबले से पहले और इसके बीच में कहा करते थे कि "मैं सबसे महान हूँ" ताकि उनके प्रतिस्पर्धी का मनोबल कमजोर हो जाए। उन्होंने इस कार्य हेतु कठोर मेहनत की।

रोम ओलंपिक में स्वर्ण पदक जीतने के बाद जब वे एक रेस्तरां में गए, तो वेटर ने उनसे कहा, "माफ कीजिए, अश्वेतों को हम यहां प्रवेश नहीं देते हैं।" अपमानित अली ने सोचा कि अगर ओलंपिक में स्वर्ण पदक जीतने के बाद भी उन्हें अपने ही देश में सम्मान नहीं मिल रहा है, तो इसका क्या लाभ हैं? इस घटना से अत्यधिक दु:खी होकर उन्होंने अपना स्वर्ण पदक उतारकर ओहियो नदी में बहा दिया।

वियतनाम युद्ध के दौरान अली को युद्ध में जाने के आदेश दिए गए। उन्होंने कहा कि शांतिवादी संगठन नेशन ऑफ इस्लाम के सदस्य होने के कारण वे युद्ध में नहीं जाएंगे। इस पर उन्हें बॉक्सिंग की दुनिया से बहिष्कृत कर दिया गया। सरकार ने उनका पासपोर्ट जब्त कर लिया ताकि वे विदेश में किसी बॉक्सिंग चैंपियनशिप में हिस्सा न ले पाएं। लगभग साढ़े तीन वर्ष तक बहिष्कृत रहने के बाद जब वे दुबारा बॉक्सिंग की दुनिया में लौटे, तो एक बार फिर उन्होंने हैवीवेट बॉक्सिंग का खिताब जीतकर सबको आश्चर्यचकित किया। वे सचमुच महानतम बॉक्सर थे।

# अजीम प्रेमजी
## (1945)

अजीम प्रेमजी एक भारतीय व्यापार टाइकून, निवेशक और परोपकारी हैं जो विप्रो लिमिटेड के अध्यक्ष हैं। उन्हें अनौपचारिक रूप से भारतीय आईटी उद्योग के "बादशाह" के रूप में जाना जाता है।

इक्कीस वर्ष की उम्र में पिता के देहांत के बाद अजीम प्रेमजी ने कॉलेज की पढ़ाई अधूरी छोड़ दी। उन्हें सात करोड़ रुपए की कंपनी विरासत में मिली थी, जिसमें तेल, कपड़े धोने के साबुन और वनस्पति घी बनता था। 1966 में जब अजीम प्रेमजी ने इस कंपनी को संभाला, तो वे उस समय बिल्कुल अनुभवहीन थे। वे खुद कहते हैं कि मैं इसके लिए पूरी तरह से तैयार नहीं था। मेरे पास सिर्फ एक सपना था - एक बड़ी कंपनी बनाने का "सच्चा सपना।"

प्रेमजी ने "लक्ष्य" बनाकर कड़ी मेहनत, संघर्ष और काम किया। 1998 में विप्रो ने देश की शीर्षस्थ दस कंपनियों में शामिल होने का पंचवर्षीय योजना बनाई। अजीम प्रेमजी की योग्यता का कमाल देखिए कि विप्रो ने इस लक्ष्य को एक वर्ष में ही पा लिया।

सूचना के युग में मस्तिष्क की शक्ति ही सबसे महत्वपूर्ण संपत्ति है। वे हर सप्ताह दस घंटे पढ़ते हैं और हर दिन लगभग तेरह घंटे काम करते हैं। उनका मानना है कि सपने तभी सच होते हैं जब इंसान मेहनत करे। अजीम प्रेमजी ने अपने नेतृत्व में विप्रो को नई ऊंचाइयां दीं और कंपनी का कारोबार 2.5 मिलियन डॉलर से बढ़ाकर 7 बिलियन डॉलर कर दिया। आज विप्रो दुनिया की सबसे बड़ी सॉफ्टवेयर आईटी कंपनियों में से एक मानी जाती है। फोर्ब्स मैगजीन ने उन्हें दुनिया के सबसे अमीर व्यक्तियों की सूची में शामिल किया है और उन्हें "भारत का बिल गेट्स" कहा जाता है।

2001 में अजीम प्रेमजी फाउंडेशन की स्थापना की, जिसका मकसद गरीब और बेसहारा लोगों की मदद करना है। यह फाउंडेशन कई राज्यों में राज्य सरकार के साथ मिलकर शिक्षा क्षेत्र में सुधार और उत्थान हेतु कार्य करता है। 2010 में उन्होंने शिक्षा क्षेत्र में युवाओं हेतु करीब दो अरब डॉलर का दान किया।

उन्हें भारत सरकार द्वारा पद्मभूषण और पद्मविभूषण से भी सम्मानित किया गया। अजीम प्रेमजी का कहना है कि हमें हर बार सरकार को ही जिम्मेदार नहीं ठहराना चाहिए। अगर हम सक्षम हैं, तो समाज के लिए हमें ही कुछ करना चाहिए।

अजीम प्रेमजी, एक भारतीय व्यापार टाइकून, निवेशक, और परोपकारी, विप्रो लिमिटेड के अध्यक्ष हैं। वे भारतीय आईटी उद्योग के "बादशाह" के रूप में अनौपचारिक रूप से जाने जाते हैं। अजीम प्रेमजी का जीवन संघर्ष और सफलता की कहानी है। उनके पिता के देहांत के बाद, उन्होंने इक्कीस वर्ष की उम्र में कॉलेज की पढ़ाई अधूरी छोड़ दी और 1966 में अपने पिता की सात करोड़ रुपए की कंपनी संभाली। उस समय कंपनी मुख्य रूप से तेल, कपड़े धोने के साबुन और वनस्पति घी का उत्पादन करती थी।

हालांकि अजीम प्रेमजी उस समय बिल्कुल अनुभवहीन थे, लेकिन उनके पास एक सपना था - एक बड़ी कंपनी बनाने का "सच्चा सपना।" उन्होंने कड़ी मेहनत, संघर्ष और दृढ़ संकल्प के साथ विप्रो को नई ऊंचाइयों पर पहुंचाया। 1998 में विप्रो ने देश की शीर्ष दस कंपनियों में शामिल होने का लक्ष्य रखा और अजीम प्रेमजी की योग्यता के कारण इस लक्ष्य को एक वर्ष में ही प्राप्त कर लिया।

अजीम प्रेमजी का मानना है कि सूचना युग में मस्तिष्क की शक्ति ही सबसे महत्वपूर्ण संपत्ति है। वे हर सप्ताह दस घंटे पढ़ते हैं और हर दिन लगभग तेरह घंटे काम करते हैं। उनके नेतृत्व में, विप्रो का कारोबार 2.5 मिलियन डॉलर से बढ़कर 7 बिलियन डॉलर हो गया। आज विप्रो दुनिया की सबसे बड़ी सॉफ्टवेयर आईटी कंपनियों में से एक है। फोर्ब्स मैगजीन ने उन्हें दुनिया के सबसे अमीर व्यक्तियों की सूची में शामिल किया है और उन्हें "भारत का बिल गेट्स" कहा जाता है।

2001 में अजीम प्रेमजी ने अजीम प्रेमजी फाउंडेशन की स्थापना की, जिसका मकसद गरीब और बेसहारा लोगों की मदद करना है। यह फाउंडेशन कई राज्यों में राज्य सरकार के साथ मिलकर शिक्षा क्षेत्र में सुधार और उत्थान हेतु कार्य करता है। 2010 में उन्होंने शिक्षा क्षेत्र में युवाओं के लिए करीब दो अरब डॉलर का दान किया।

# धीरु भाई अंबानी
# (1932-2002)

**धी**रू भाई अंबानी का जन्म गुजरात के एक गांव में एक शिक्षक के घर हुआ। पैसों की तंगी के चलते उन्होंने दसवीं तक ही पढ़ाई की। अपना उद्योग गिरनार की पहाड़ियों पर तीर्थयात्रियों को पकोड़े बेचकर शुरू किया था। पहली नौकरी एक पेट्रोल पंप पर सहायक के रूप में की थी। उनका वेतन सिर्फ तीन सौ रुपए प्रतिमाह मिलता था। जब वे तेल कंपनी में पेट्रोल पंप पर पेट्रोल भरने का काम करते थे, उन्होंने यह सपना देखा था कि वे भी सेठ जैसी कंपनी बनाएंगे।

"बड़ा सोचो, बड़ा करो" - बड़ा सपना देखो और उसे सफल बनाने में दिल से जुट जाओ। सफलता निश्चित मिलेगी। उन्होंने संघर्ष, अपने दम पर मेहनत और बुद्धि से देश की सबसे बड़ी कंपनी रिलायंस कमर्शियल की स्थापना की। उन्होंने फिर जीवन में पीछे मुड़कर नहीं देखा।

एक समय उनकी मिल में एक आयातित स्पेयर पार्ट खराब हो जाने के कारण कंपनी का कार्य रुक गया। स्पेयर पार्ट बुलाने के लिए एक माह का समय लग जाता था, परन्तु धीरू भाई ने खासतौर पर अपना एक आदमी हवाई जहाज से विदेश भेजा और वह दो दिन में स्पेयर पार्ट बुलवाकर मिल चालू करवा दी। भारतीय शेयर बाजार का परिदृश्य ही बदलने का भी कार्य किया। 1977 में रिलायंस ने अपने शेयर जारी किए। उसके पहले किसी भी बिजनेसमैन ने आम जनता से इतने बड़े पैमाने पर पैसे जुटाने की जोखिम नहीं उठाई थी।

रिलायंस गुप की सकल संपत्ति लगभग 60,000 करोड़ रुपए थी। संयुक्त धनराशि लगभग 100 अरब डॉलर थी, जिससे अंबानी को विश्व के धनी परिवारों में से एक बना दिया।

धीरूलाल हीरालाल अंबानी उर्फ धीरू भाई अंबानी ने पांच सौ रुपए, तीन कुर्सी और एक कमरे से अपना बिजनेस शुरू किया और बिजनेस की बड़ी इमारत खड़ी कर दी। रिलायंस गुप में लगभग 80 लाख शेयरधारक हैं, जिससे यह विश्व का सबसे अधिक अंशधारकों वाला समूह बन गया। 2002 में उनकी मृत्यु हो गई।

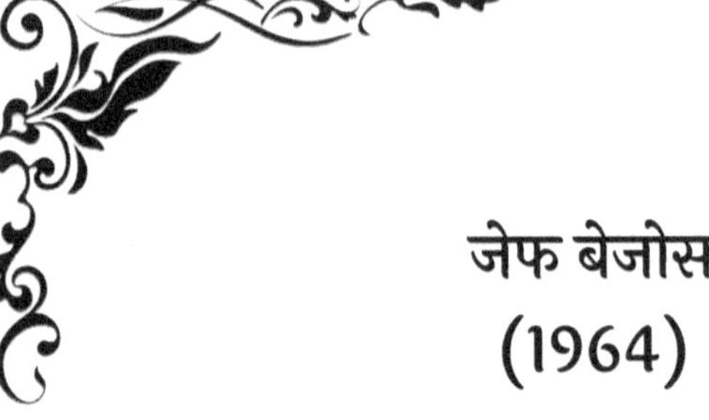

# जेफ बेजोस
# (1964)

"**ल**क्ष्य" सच्चा और अच्छा है और दिल में कुछ करने का मजबूत संकल्प है, तो कोई भी ताकत "लक्ष्य" तक जाने से नहीं रोक सकती। कम्प्यूटर साइंस और इंजीनियरिंग के विशेषज्ञ जेफ बेजोस न्यूयॉर्क में फंड मैनेजर थे। एक दिन इंटरनेट पर सर्फिंग करते समय उन्होंने यह पढ़ा कि वेब का प्रयोग करने वालों की संख्या हर महीने 2,300 प्रतिशत बढ़ रही है। यह आंकड़ा देखते ही उन्होंने फैसला किया कि वे वेब के माध्यम से कोई बिजनेस शुरू करेंगे। यह विचार मन में आते ही बेजोस ने बहुत बड़ा जोखिम लिया और अपनी अच्छी खासी नौकरी छोड़ दी।

उन्होंने इंटरनेट के माध्यम से पुस्तकें बेचने का निर्णय लिया, क्योंकि इनकी कीमत कम थी, संख्या अधिक थी और सबसे बड़ी बात यह थी कि पुस्तकों का 82 बिलियन डॉलर का बाजार था। उन्होंने सिएटल में अपना ऑफिस बनाने का फैसला किया, क्योंकि वहां पर इन्राम जैसा बड़ा बुक स्टोर था। बेजोस ने अपने गैरेज में कम्प्यूटर रखा और वेबसाइट का सॉफ्टवेयर खुद तैयार किया। जब फाइनेंसिंग की बात आई, तो बेजोस ने बड़े आत्मविश्वास के साथ फाइनेंसिंग कंपनी से कहा कि "मैं पुस्तक उद्योग के बारे में कुछ नहीं जानता, मैं तो बस इतना जानता हूँ कि मैं इंटरनेट पर पुस्तकें बेचकर पुस्तक उद्योग का नक्शा बदलने वाला हूँ।"

जून 1995 में अमेजॉन डॉट कॉम वेबसाइट शुरू हुई। जल्दी ही जेफ बेजोस का सपना सच हुआ और मात्र चार साल बाद 1999 में अमेजॉन डॉट-कॉम का बाजार मूल्य 6 बिलियन डॉलर आंका गया। तीन कर्मचारियों के साथ शुरू होने वाली अमेजॉन डॉट कॉम में स्टाफ आज लगभग 1000 से ज्यादा कर्मचारी कार्यरत हैं।

अमेजॉन डॉट कॉम वेबसाइट पर क्रेडिट कार्ड के माध्यम से हर साल लाखों किताबों की बिक्री होती है। यह उनकी मेहनत का नतीजा है।

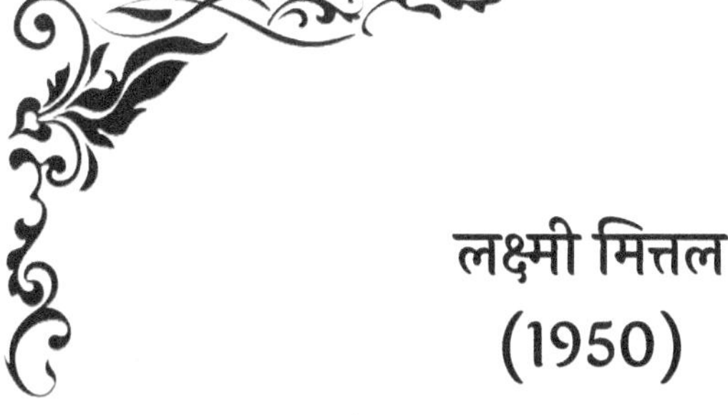

# लक्ष्मी मित्तल
## (1950)

लक्ष्मी मित्तल इंग्लैंड में रहने वाले सबसे अमीर एशियाई व्यक्ति हैं। 3.5 बिलियन पाउंड यानी लगभग 6.41 बिलियन डॉलर की संपत्ति है। वे स्टील की दुनिया के बेताज बादशाह हैं। मित्तल की कंपनी इस्पात को दुनिया की सर्वश्रेष्ठ स्टील कंपनी कहा जाता है। 2004 में इस अप्रवासी भारतीय ने लंदन में 7 करोड़ पाउंड में दुनिया का सबसे महंगा घर खरीदा है।

भारत के पश्चिमी राजस्थान इलाके में जन्मे लक्ष्मी मित्तल एक ऐसे गांव में पैदा हुए जहां बिजली नहीं थी, परंतु अपनी किस्मत और मेहनत की बदौलत वे आज दुनिया की मशहूर हस्ती बन चुके हैं। मित्तल के पिता छोटे पैमाने पर स्टील का उत्पादन करते थे, परंतु लक्ष्मी मित्तल के सपने बड़े थे, इसलिए वे 1976 में इंडोनेशिया चले गए और वहां उन्होंने अपना पहला अंतर्राष्ट्रीय स्टील कारोबार शुरू किया।

मित्तल के लक्ष्य स्पष्ट थे। उनका उद्देश्य नई स्टील मिल बनाने के बजाय बीमार स्टील मिलों को दुरुस्त करके तेजी से तरक्की हासिल करना था। भविष्य की संभावनाओं को पहचानते हुए वे इस निष्कर्ष पर पहुंचे कि नई मिल बनाने में पैसे अधिक लगते हैं और समय भी। इसलिए उन्होंने अपनी सारी ऊर्जा इस बात पर केंद्रित रखी कि वे बीमार स्टील मिलों को खरीदें और उनकी कायाकल्प करके उन्हें लाभदायक स्थिति में पहुंचा दें। घाटे में चल रही स्टील मिलों को लाभकारी बनाने के लिए मित्तल एक सुनियोजित रणनीति पर काम करते हैं।

वे तत्काल उत्पादन की लागत कम करते हैं, कर्मचारियों की संख्या घटाते हैं और आधुनिक मशीनों का प्रयोग करते हैं। मित्तल की सफलता की कहानी हमें यह सिखाती है कि यदि इंसान अपने लक्ष्य स्पष्ट रखे और उन्हें हासिल करने की स्वयं योजना बना ले, तो उसे सफलता अवश्य मिलती है। बशर्ते लक्ष्य स्पष्ट हो।

# किंग सी जिलेट
# (1855-1932)

किंग सी जिलेट एक हार्डवेयर कंपनी में मामूली क्लर्क थे। 21 साल की उम्र में वह सेल्समेन बने और 28 वर्षों तक सेल्समेन के रूप में सड़कों पर घूमते रहे। 49 वर्ष की उम्र में वह दिवालिया हो चुके थे। पूंजी की तलाश में वे दर-दर भटक रहे थे।

किसी ने सही कहा है कि जीवन में अगर कोई नेक सलाह दे रहा है, चाहे वह आपसे छोटा हो या बड़ा, उसके शब्दों पर ध्यान देना चाहिए। यह आपके जीवन में सच में बदलाव ला सकती है, इसलिए उस पर अमल करें तो आपके जीवन में नई रोशनी जरूर आएगी।

जिलेट को एक मित्र ने सलाह दी कि वे कोई ऐसी चीज बनाएं, जिसे लोग एक बार इस्तेमाल करके फेंक दें, ताकि वह अधिक मात्रा में बिक सके। उनके मन में ब्लेड बनाने का विचार आया। विचार बहुत अच्छा था, लेकिन उनके पास न ब्लेड बनाने की मशीन थी, न ही पूंजी। जब मशीन बनी, तो पूंजी ही नहीं थी। मशीन की लागत इतनी थी कि जिलेट बुरी तरह से कर्ज में आ गए। जॉन जॉयस ने उनके शेयर सस्ते दामों में खरीदकर उन्हें पूंजी दी।

लोगों ने प्रारंभ में ब्लेडों में रुचि नहीं दिखाई। एक साल में मात्र 51 रेजर ही बिके और वह भी डाक से। परंतु कुछ समय बाद अमेरिकी पेटेंट ऑफिस ने जिलेट को रेजर के अधिकार दे दिए। जिलेट ने रेजर और ब्लेड शीघ्र दुकानों और गांवों में रखवा दिए। इसके बाद उनकी ब्लेड ऐसी चली कि उसने दुनिया का नक्शा ही बदल डाला और किंग सी जिलेट की गिनती अमीरों में होने लगी। वे एक सफल उद्योगपति बन गए थे और सफलता की जर्नी पूरी कर ली थी।



◄ हौसलों से उड़ान ►

# सोइशिरो होण्डा
# (1906-1991)

मुसीबत जब पीछे पड़ती है तो आसानी से पीछा नहीं छोड़ती। व्यक्ति को पूरी तरह बर्बाद करके ही दम लेती है। होण्डा मोटर्स के संस्थापक सोइशिरो होण्डा इसका जीता जागता उदाहरण हैं।

द्वितीय विश्व युद्ध के बाद होण्डा पूरी तरह दिवालिया हो चुके थे। अमेरिकी बमबारी में उनकी फैक्टरी पूरी तरह तबाह हो चुकी थी। उनका सब कुछ खत्म हो चुका था। उनके पास आजीविका का कोई भी साधन नहीं था। एक भूकंप ने उनके ऑटो पार्ट्स के प्लांट को भी नष्ट कर दिया। उन्होंने हार नहीं मानी। उन्होंने एक बेकार जीआई इंजन लिया और उसे अपनी साइकिल में लगाकर मोटरसाइकिल बना डाली।

एक मित्र ने इस मोटर बाइक को देखा और होण्डा से अपने लिए भी ऐसी ही मोटरसाइकिल बनाने का आग्रह किया। फिर एक और मित्र, फिर एक और मित्र। इस तरह होण्डा मोटरसाइकिल कंपनी का जन्म हुआ।

उन्होंने अपनी पहली फैक्टरी 1948 में खोली तो होण्डा के पास पार्ट्स खरीदने के पैसे नहीं थे। उनकी पत्नी ने अपने गहने बेचे और उनसे पैसे जुटाए। होण्डा की मेहनत और उनकी पत्नी का त्याग अंततः सफल हुआ और होण्डा कंपनी दुनिया की सर्वश्रेष्ठ कंपनियों में से एक बन गई। होण्डा को हेनरी फोर्ड के बाद दुनिया का महानतम इंजीनियर कहा जाता है। यह बहुत बड़ी बात है, क्योंकि होण्डा ने आठवीं कक्षा के बाद स्कूल छोड़ दिया था। होण्डा अमेरिकन ऑटोमोबाइल हॉल ऑफ फेम में चुने जाने वाले पहले जापानी एक्जीक्यूटिव हैं। सोइशिरो होण्डा ने केटिलिटिक इंजन की एक ऐसी जटिल समस्या को सुलझाया जो उच्च शिक्षित डेट्राइट इंजीनियरों से भी नहीं सुलझी थी।

# बिल गेट्स
## (1955)

बिल गेट्स ने कम्प्यूटर की धुन के कारण हार्वर्ड यूनिवर्सिटी की पढ़ाई अधूरी छोड़ दी। उन्होंने सॉफ्टवेयर के महत्व और संभावना को समझा। हार्डवेयर कंपनियां धन बटोरने में जुटी थीं। गेट्स ने एमएस-डॉस को 1982 में एक छोटी सी कंपनी से खरीदा और हर कम्प्यूटर का अनिवार्य हिस्सा बना दिया। दुनिया में कम्प्यूटर क्रांति लाने में बिल गेट्स के एमएस-डॉस और माइक्रोसॉफ्ट सॉफ्टवेयरों का महत्वपूर्ण योगदान है।

गेट्स ने सीडी-रॉम की उपयोगिता को भी समझा। जब अदूरदर्शी हार्डवेयर निर्माता अपने कम्प्यूटर में सीडी-रॉम लगाने के लिए तैयार नहीं हुए तो बिल गेट्स ने पहला मल्टीमीडिया एन्साइक्लोपीडिया तैयार किया ताकि सीडी-रॉम का महत्व सबको समझ में आ जाए।

बिल गेट्स अपनी कंपनी में सबसे प्रतिभाशाली प्रोग्रामर्स को रखते हैं और उन्हें मुंहमांगा वेतन देते हैं। माइक्रोसॉफ्ट में कर्मचारियों को शेयर खरीदने का विकल्प भी दिया जाता है, जिससे बहुत से कर्मचारी करोड़पति बन चुके हैं।

बिल गेट्स के लिए समय बहुत महत्वपूर्ण है। आधी रात तक काम करना माइक्रोसॉफ्ट में आम बात है। जैसा नेटस्केप को माइक टाइरेल कहते हैं, "मुझे विश्वास ही नहीं होता कि माइक्रोसॉफ्ट के लोग कभी सोते भी होंगे।" समय बचाने के लिए गेट्स कार चलाते वक्त मोबाइल पर जरूरी बातें करते हैं। हवाई जहाज पकड़ने के लिए ऐन वक्त पर ऑफिस से निकलते हैं और एक साथ कई काम करते हैं। बिल गेट्स टीवी नहीं देखते, क्योंकि वे इसे अपने कीमती समय की बर्बादी मानते हैं। दिन में बारह से तेरह घंटे काम करना और सारा फोकस काम पर ही रहता है। तब जाकर उन्होंने शून्य से शिखर पर पहुंचकर सफलता हासिल की है।

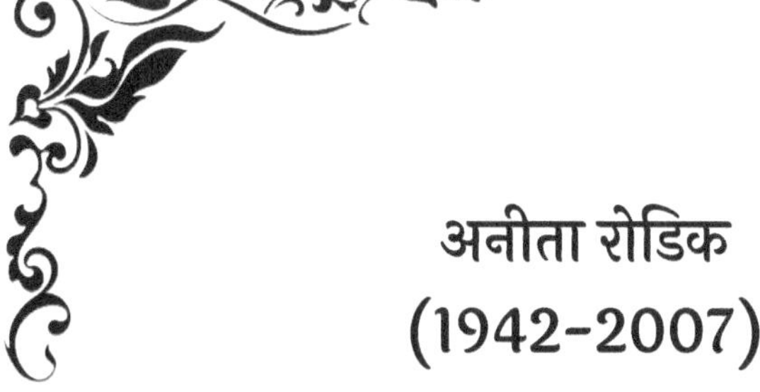

# अनीता रोडिक
# (1942-2007)

**अ**नीता रोडिक ने 1976 में क्राइटन, इंग्लैंड में बॉडी शॉप नाम से अपना पहला स्टोर खोला। इस बिजनेस में वह इसलिये आई क्योंकि उन्होंने देखा कि विज्ञापनों और लुभावने पैकिंग की वजह से सौंदर्य प्रसाधन बहुत महंगे बिकते थे और अधिकांश वस्तुओं में हानिकारक रसायन मिला होता था। रोडिक ने प्राकृतिक वस्तुओं से कॉस्मेटिक बनाने और उन्हें सस्ते दामों पर बेचने की योजना बनाई।

युवावस्था में उन्होंने कई देशों की यात्रा की। वहां उन्होंने स्थानीय लोगों से घरेलू सौंदर्य प्रसाधन बनाने की विधि सीखी। सीखने की यह आदत उनके लिए बहुत लाभकारी साबित हुई क्योंकि बाद में उन्होंने इन विधियों का प्रयोग करके अपने कई सौंदर्य प्रसाधन बनाए।

रोडिक कर्ज लेने बैंक मैनेजर के पास गईं तो बैंक मैनेजर ने कर्ज देने से साफ इनकार कर दिया। उसे विश्वास नहीं था कि कोई महिला सफलतापूर्वक बिजनेस चला सकती है। फिर एक सप्ताह बाद वे अपने पति के साथ जाकर बैंक मैनेजर से मिलीं तो उन्हें लोन मिल गया।

रोडिक के पास अपने कॉस्मेटिक्स में खुशबू मिलाने का समय नहीं था, इसलिए उन्होंने एक ट्रे में परफ्यूम एसेंस की बोतल रख दी और ग्राहकों से कहा कि वे अपने कॉस्मेटिक में अपना पसंदीदा परफ्यूम मिला लें। ग्राहकों को यह बात बहुत पसंद आई। बाद में यह बॉडी शॉप की परंपरा बन गई। 1984 में बॉडी शॉप स्टॉक मार्केट में दर्ज हो गई। पहले ही दिन से इसके शेयर की कीमतें बढ़ने लगीं और शाम तक इस कंपनी का मूल्य 3.8 करोड़ पाउंड हो गया। रोडिक दंपत्ति उसी दिन करोड़पति बन गए।

मुश्किलें केवल बेहतरीन लोगों के हिस्से में आती हैं क्योंकि वो लोग ही ताकत रखते हैं इसे बेहतरीन तरीके से अंजाम देने की। यही सफलता का रास्ता है।

# नारायण मूर्ति
## (1946)

उनका जन्म मध्यमवर्गीय परिवार में हुआ था और उनके पिता स्कूल के शिक्षक थे। मैसूर में इंजीनियरिंग की शिक्षा प्राप्त करने के बाद कुछ साल तक नारायण मूर्ति ने पाटनी कम्प्यूटर्स में काम किया। 1970 के दशक के अंत में उनके मन में नौकरी छोड़ने और अपना बिजनेस शुरू करने का विचार आया। इसमें जोखिम था क्योंकि नौकरी में वेतन की गारंटी होती है जबकि नये व्यवसाय में सफलता की कोई गारंटी नहीं थी। फिलहाल उन्होंने जोखिम लिया और इन्फोसिस टेक्नोलॉजी का जन्म हुआ।

नारायण मूर्ति अपनी सफलता का श्रेय अपनी कड़ी मेहनत को देते हैं। वे प्रतिदिन बारह घंटे कड़ी मेहनत करते हैं। उनके लिए ऑफिस सुबह साढ़े छह बजे शुरू हो जाता है। वे काम के प्रति इतने ज्यादा समर्पित हैं कि वे न तो पार्टियों में जाते हैं, न ही टीवी देखते हैं। हालांकि उनकी व्यक्तिगत संपत्ति चार हजार करोड़ रुपये से अधिक है, परंतु उनकी जीवन-शैली सहज और स्वभाव सरल है। वे कर्मचारियों के साथ कैंटीन में ही भोजन करते हैं।

जब इन्फोसिस को अमेरिकी शेयर बाजार नैस्डेक में दर्ज किया जा रहा था, तो निवेश बैंकरों ने उन्हें हर शेयर का मूल्य 36 डॉलर रखने की सलाह दी। इस पर मूर्ति ने कहा

कि वे इसका मूल्य 34 डॉलर ही रखना चाहते हैं ताकि निवेशकों को हर शेयर पर दो डॉलर का अतिरिक्त लाभ हो सके। बैंकर उनके निर्णय से आश्चर्यचकित रह गए। जो जान-बूझकर लाखों डॉलर का घाटा उठाने पर तैयार हैं। बाद में उस बैंकर ने कहा ऐसा अमेरिका स्टॉक मार्केट के इतिहास में पहले कभी नहीं हुआ। वे अपने कर्मचारियों का भी ख्याल रखते थे।

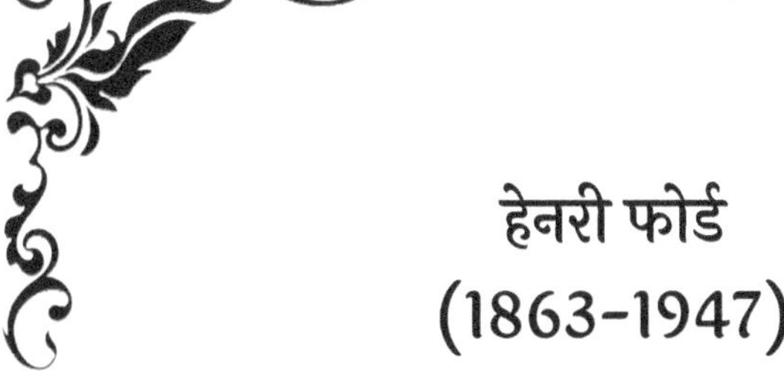

# हेनरी फोर्ड
# (1863-1947)

हेनरी का बिजनेस कैरियर ऊंचाई से निचाई तक पहुंचने का दिलचस्प उदाहरण है। लगभग चालीस वर्षों की उम्र तक उनके कई बिजनेस चौपट हो गए थे और वे दिवालिया हो गए थे। हेनरी फोर्ड की मशीनों में बहुत रुचि थी।

वे अपने पिता के सो जाने के बाद दिन में स्टीम इंजन सुधारने का कार्य करते और रात में घड़ी सुधारने का कार्य करते। हर दिन लगभग चौदह-पंद्रह घंटे काम करते थे। फोर्ड का सपना आम आदमी के लिए सस्ती कार बनाकर बेचने का था ताकि आम आदमी आसानी से सस्ती कार खरीद सके। वह अपने सपने को सच करने के लिए दिलों-जान से जुटे और अंत में उन्हें सफलता मिली।

एक बार फोर्ड एक ऐसा इंजन बनाना चाहते थे, जिसके आठों सिलेंडर एक ही ब्लॉक में हो। उन्होंने अपने इंजीनियरों की एक मीटिंग लेकर उन्हें ऐसा करने के लिए कहा। इंजीनियर लोग मन ही मन हंसते हुए कहने लगे असंभव है। परंतु फोर्ड ने कार्य करने को कहा और इंजीनियरों ने एक साल तक मेहनत की लेकिन उन्हें सफलता नहीं मिली।

इंजीनियरों को लगा फोर्ड अब अपनी जिद छोड़ देंगे परंतु फोर्ड अपनी जिद पर अड़े रहे। उन्होंने दुबारा सीरियस मीटिंग आयोजित कर इंजीनियरों को विनम्रता से समझाया और निर्देश दिए, जितना समय लगे पर यह कार्य आपको करना ही है।

आखिरकार जी-तोड़ मेहनत करने पर एक दिन इंजीनियर वी-8 मोटर इंजन बनाने में सफल हो गए। असंभव शब्द फोर्ड के शब्दकोश में नहीं था। वे सफल हो गए और उन्होंने एक इतिहास रच दिया।

# जॉन जॉनसन
# (1918-2005)

जॉन के पिता एक मिल में मजदूर थे। जॉन अफ्रीकी-अमेरिकी समुदाय के लिए एक पत्रिका निकालना चाहते थे। जब उनके मित्रों और उद्योगपतियों ने उनकी मदद नहीं की तो अंत में कपड़ों की सिलाई करने वाली उनकी मां ने फर्नीचर गिरवी रखकर 500 डॉलर का कर्ज लिया। 1942 में जॉनसन प्रकाशन व्यवसाय में आ गए।

जॉनसन ने ग्राहक बनाने के लिए 20,000 लोगों को चिट्ठियां लिखीं, जिनसे 300 ग्राहक बने। 'नीग्रो डाइजेस्ट' पत्रिका सिर्फ एक साल बाद 50,000 प्रतियां हर महीने बिकने लगीं। 1945 में जॉनसन ने 'एबोनी' नामक पत्रिका शुरू करने का फैसला किया जो लाइफ की तरह चिकने कागज पर हो। 'एबोनी' का पहला अंक 25,000 प्रतियों का था, जो हाथों हाथ बिक गया। बड़ी कंपनियों के विज्ञापन मिले। कम उम्र में अधिक मेहनत, कार्य वह भी एकाग्रता से किया। नई-नई चीजें सीखीं और जीवन में सफल बनने का लक्ष्य बनाया। जुझारू और जागरूकता के कारण हर क्षेत्र में पदोन्नति मिलती गई।

नए अवसर तलाश किए। लगन और मेहनत के बदौलत आदमी महान बनता है। अच्छे लक्ष्य से सफलता मिलती है। असफलता आंशिक समय रहती है, उससे डरने की जरूरत नहीं। निडरता से अपना कार्य करें। इसी बुनियाद पर जॉनसन सबसे बड़े अश्वेत स्वामित्व की प्रकाशन कंपनी के स्वामी बने। उन्होंने जीवन में हार नहीं मानी और निराश नहीं हुए।

# जे.के. रोलिंग
# (1965)

ऊपर वाला अगर किसी की परीक्षा लेता है तो उसके जीवन में दु:ख ही होते हैं। न नौकरी थी, न बात। साथ में छोटी बच्ची और गुजारा भत्ते पर रहने के कारण लोगों से अपमान, ताने, निंदा ही जीवन में आ रहे थे। किन्तु उन्होंने हार नहीं मानी और अपने जीवन में संघर्ष करती रहीं। उनकी कड़ी मेहनत और लगन के कारण "हैरी पॉटर" पर उपन्यास पूरा कर लिया और वह उपन्यास रद्दी पेपर पर लिखकर पूरी की।

उनके मन में "हैरी पॉटर" उपन्यास को छपवाने का सपना था। वे इसे लेकर लिटरेरी एजेंटों के पास गईं, परंतु अधिकांश ने कहा इसमें कोई भी दम नहीं है। लगभग बारह पब्लिशरों ने किताब छापने से साफ मना कर दिया, क्योंकि जे.के. रोलिंग नई थीं। न जाने किताब में क्या लिखा था। कोई भी रिस्क लेने को तैयार नहीं था। वे हिम्मत नहीं हारीं और अपना प्रयास निरंतर जारी रखा। किताब में एक जादूगर बच्चे की कहानी थी।

आखिरकार बहुत संघर्ष के बाद ब्लूम्सबरी पब्लिशर ने उनका उपन्यास दो हजार पाउंड में खरीद लिया। अमेरिका में इसी उपन्यास के अधिकारों के लिए रोलिंग को एक लाख डॉलर मिले और इसके फिल्म अधिकारों के लिए उन्हें मुंहमांगी रकम मिली। यह सब इसलिये भी संभव हुआ, क्योंकि उन्होंने विषम परिस्थिति में कड़ी मेहनत और संघर्ष कर चुनौतियों का सामना किया और सफलता की मंजिल तय की।

जे.के. रोलिंग उस समय सफलता प्राप्त करने पर ब्रिटेन की महारानी से भी ज्यादा अमीर कहलाने लगीं।

# ओ. हेनरी
# (1862–1910)

हेनरी की शिक्षा बहुत कम थी, वे हाईस्कूल भी नहीं पढ़े। आज उनकी लिखी कहानियां, दुनिया भर के स्कूल-कॉलेजों में पढ़ाई जाती हैं। पंद्रह वर्ष की उम्र में हेनरी अपने अंकल के ड्रग स्टोर में काम करने लगे। दस साल तक बैंक कैशियर का कार्य किया। 1896 में उन पर बैंक ने गबन का आरोप लगाया। अकाउंटिंग तुटि हो सकती थी। ओ. हेनरी मुकदमे का सामना करने के बजाय डर कर होंडूरास भाग गए। वहां जब उन्हें पता चला कि उनकी पत्नी बहुत बीमार है तो वे 1897 में टेक्सास लौटे और पत्नी के देहांत के बाद खुद को पुलिस के हवाले कर दिया।

उन्हें पाँच वर्ष की सजा सुनाई गई। कोलंबस ओहियो की जेल उनके लिए श्राप की बजाय वरदान साबित हुई। वहीं पर उनके मन में प्रेरणा जागी और कहानियां लिखने का विचार आया। उन्होंने अमर कहानियां लिखना शुरू कीं। अगर उन्हें जेल में बंद नहीं किया जाता तो शायद वे कभी कहानियां नहीं लिखते। तीन वर्ष जेल में रहने के उपरांत वे जेल से बाहर आए और न्यूयॉर्क शहर में रहने लगे। उन्होंने लेखन को पूर्ण-कालिक व्यवसाय बना लिया।

अपने जीवन के अंतिम दस वर्षो में उन्होंने पाँच सौ से ज्यादा कहानियां लिखीं। उनके जीवन और संघर्ष से सबक मिलता है कि विपत्तियाँ उनके जीवन में आईं, पर प्रगति में उन्होंने उसे बाधा नहीं बनने दिया। विषम परिस्थिति को सहायक बनाकर उन्होंने रचनात्मक प्रयोग किया और प्रगति का मार्ग प्रशस्त किया।

# कार्ल मार्क्स
## (1818-1883)

**का**र्ल मार्क्स, जिन्होंने दुनिया को साम्यवाद का पाठ पढ़ाया, का जीवन संघर्षपूर्ण था। जब मार्क्स की उम्र 6 साल थी, उनके पिता ने व्यापारिक लाभ हेतु यहूदी धर्म छोड़कर ईसाई धर्म अपना लिया। इस घटना का मार्क्स के मन पर गहरा प्रभाव पड़ा और उन्हें धर्म से नफरत हो गई। इसलिए उन्होंने अपने साम्यवादी राज्य में धर्म के लिए कोई जगह नहीं रखी और कहा कि "धर्म जनता की अफीम है।"

उनके उग्र विचारों के कारण उन्हें कहीं नौकरी नहीं मिली। वे साहित्यिक और सांस्कृतिक पत्रिकाओं में लेख लिखकर अपना गुजारा करते थे। उनके उग्र विचारों और क्रांतिकारी गतिविधियों के कारण उन्हें जर्मनी, बेल्जियम और फ्रांस से निर्वासित कर दिया गया।

मार्क्स दिन भर ब्रिटिश म्यूजियम के रीडिंग रूम में अमर ग्रंथ 'दास कैपिटल' के लिए सामग्री जुटाते थे और रात में लेखन का कार्य करते थे। पैसे की कमी मार्क्स के जीवन की सबसे बड़ी समस्या थी, क्योंकि वे पैसा कमाने की मशीन नहीं बनना चाहते थे। उनके अमीर मित्र एंजेल्स को अक्सर उनकी मदद करनी पड़ती थी।

कर्ज में डूबे रहना जैसे मार्क्स की फितरत बन गई थी। मकान किराया न देने के कारण मकान मालिकों ने उन्हें कई बार बेदखल कर दिया। उनके एक वर्षीय पुत्र फ्रांसिस्का की मृत्यु हुई तो उनके पास उसके कफन तक के लिए पैसे नहीं थे। गरीबी और कुपोषण का उनके स्वास्थ्य पर बुरा प्रभाव पड़ा। उनका लिवर और आँखें परेशान करने लगीं। तमाम विपत्तियों से संघर्ष करने के बाद मार्क्स ने 'दास कैपिटल' लिखी, जिसका विश्वव्यापी प्रभाव पड़ा। सत्य कुछ समय के लिए पराजित हो सकता है, किन्तु अंततः उसकी ही जीत होती है।

# ईश्वरचंद्र विद्यासागर
# (1820-1891)

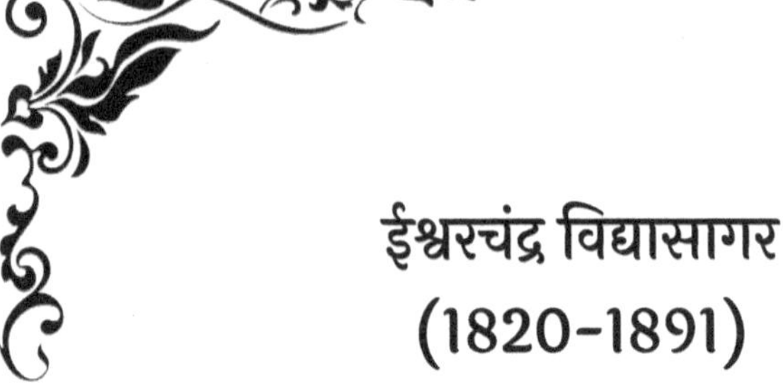

ईश्वरचंद्र विद्यासागर का जन्म पश्चिम बंगाल के मेदिनीपुर जिले के वीरासिंह नामक गाँव में 26 सितम्बर 1820 को हुआ था। उनके माता-पिता भगवती देवी और ठाकुरदास बंदोपाध्याय (बनर्जी) थे। रामकृष्ण परमहंस ने 'विद्यासागर' की उपाधि से उन्हें सम्मानित किया।

पाँच वर्ष की आयु में उन्हें पाठशाला में पढ़ाई के लिए भेजा गया। पाठशाला की पढ़ाई मात्र तीन वर्षों में ही पूरी कर ली। 1829 से 1841 तक ईश्वरचंद्र संस्कृत कॉलेज के विद्यार्थी रहकर उन्होंने भारतीय साहित्य के विभिन्न पक्षों का अध्ययन किया। उन्होंने बांग्ला भाषा के साथ संस्कृत और अंग्रेजी भाषा के अपने ज्ञान को भी आगे बढ़ाया। वे अत्यंत मेहनती, बेहतर प्रबंधक, बुद्धिमान और चरित्रवान थे।

उन्होंने संस्कृत और बांग्ला किताबों का प्रकाशन किया। 'पंचारिमसती' नामक पुस्तक की रचना की। उन्होंने ज्यादातर अनुवाद, समीक्षाएं और पाठ्य-पुस्तकों पर लेखन का कार्य किया। 'शकुंतला', 'सीता वनवास', 'भ्रांति विलास', 'वर्ग परिचय', 'कथामाला', 'आख्यान मंजरी' आदि किताबों का लेखन किया। साथ ही 'सोमप्रकाश', 'सर्वशुभकारी' पत्रिका के लेखक, संपादक और संरक्षक के रूप में महत्वपूर्ण भूमिका निभाई।

बंगाल में भीषण अकाल के समय उन्होंने मेदिनीपुर और हुगली में निशुल्क लंगर तीन-चार महीने तक लगातार चलाए। वर्धमान जिले में मलेरिया रोग महामारी की तरह फैल गया, उस समय निशुल्क चिकित्सा और धर्मार्थ चिकित्सालय की स्थापना की। अपने परोपकारी और उदार व्यवहार के कारण पूरे समाज में लोकप्रिय हो गए। उनकी आय का बड़ा भाग निर्धनों, विद्यार्थियों, विधवाओं, अनाथों और जरूरतमंदों की सहायता में खर्च होता था। उन्होंने कई विधवाओं का पुनर्विवाह कराया और अपने पुत्र का विवाह भी विधवा से कराया।

वे सच्चे समाज सुधारक, समाजसेवी और महान विभूति थे। हर जिम्मेदारी सही ढंग से निभाई। सारा देश उनके अनूठे कार्य को गौरवान्वित महसूस करता है। हृदय-रोग के कारण 29 जुलाई 1891 को उनकी मृत्यु हो गई। देश ने एक सच्चा और अच्छा सपूत खो दिया, जिसकी पूर्ति होना संभव नहीं।

विद्यासागर ने कई महत्वपूर्ण किताबों का लेखन और अनुवाद किया। उनकी प्रमुख रचनाओं में 'शकुंतला', 'सीता वनवास', 'भ्रांति विलास', 'वर्ग परिचय', 'कथामाला' और 'आख्यान मंजरी' शामिल हैं। वे 'सोमप्रकाश' और 'सर्वशुभकारी' पत्रिकाओं के लेखक, संपादक और संरक्षक भी रहे।

बंगाल में भीषण अकाल के दौरान, उन्होंने मेदिनीपुर और हुगली में निशुल्क लंगर चलाए। वर्धमान जिले में मलेरिया महामारी के समय, उन्होंने निशुल्क चिकित्सा और धर्मार्थ चिकित्सालय की स्थापना की। उनकी आय का बड़ा भाग निर्धनों, विद्यार्थियों, विधवाओं, अनाथों और जरूरतमंदों की सहायता में खर्च होता था। उन्होंने कई विधवाओं का पुनर्विवाह कराया और अपने पुत्र का विवाह भी विधवा से कराया।

ईश्वरचंद्र विद्यासागर एक सच्चे समाज सुधारक, समाजसेवी और महान विभूति थे। उन्होंने हर जिम्मेदारी सही ढंग से निभाई और उनके कार्य से पूरा देश गौरवान्वित महसूस करता है। उनके परोपकारी और उदार व्यवहार ने उन्हें समाज में अत्यंत लोकप्रिय बना दिया।

29 जुलाई 1891 को हृदय-रोग के कारण उनकी मृत्यु हो गई। उनकी मृत्यु से देश ने एक सच्चा और महान सपूत खो दिया, जिसकी पूर्ति संभव नहीं है। विद्यासागर का जीवन और उनके कार्य आज भी हमें प्रेरित करते हैं और समाज सुधार की दिशा में हमें मार्गदर्शन प्रदान करते हैं।

# 51 सफलता, संघर्ष की बेमिसाल शिक्षापद, जीवन में सफलता का मार्ग प्रशस्त हेतु अनुपम कहानी-संग्रह

1. **डॉ. ए.पी.जे. अब्दुल कलाम**: बचपन में अखबार बाँटते थे।

2. **दशरथ मांझी**: कम पढ़े थे, 'पर्वत पुरुष' कहलाए।

3. **मिल्खा सिंह**: ने संघर्ष का सामना किया, फ्लाइंग सिख कहलाए।

4. **डॉ. बी. आर. अंबेडकर**: चुनौती, संघर्ष भरे जीवन के बावजूद संविधान निर्माता 'दलित मसीहा' बने।

5. **जॉर्ज बनॉर्ड शॉ**: जीवन में असफलता अनेक बार मिली, किन्तु हिम्मत और साहस से अपना 'लक्ष्य' हासिल किया।

ऐसी 51 हस्तियों की प्रेरणादायक अनमोल कहानियाँ जीवन में सकारात्मक कार्य करने हेतु सदा आपको प्रेरित करेंगी।

आपका यू-ट्यूब पर प्रतिभा चैनल प्रसारित होता है और उसे लोग काफी पसंद करते हैं। 'चुनाव कैसे जीतें', 'पारसमणि' और '51 कहानियों का संग्रह' प्रकाशित हो चुके हैं।

आपका अपना
**रविशंकर पाण्डेय**
लेखक, वक्ता, प्रतिभा चैनल के मुख्य संपादक

*****